Lv.**10**

Kineko shibai
키네코 시바이 지음
ill:Hisasi

온라인에서의
슈바인
← 화력 지상주의인
소드 댄서(♂).
그 화력을 마음껏
보여주려고
했는데……

슈바인 / 세가와 아카네

온라인에서의
루시안
방어구 지상주의인
↑ 아머 나이트(♂).
여동생도 입학했으니
오빠로서
멋진 모습을 보여……
주지 못했다.

루시안 / 니시무라 히데키

온라인에서의
아코
외모 지상주의인 카디널(우).
↖ 전직! 전직했어요!
알맹이는 그다지
변함없는 모양.

아코 / 타마키 아코

v81	HP/13420 MP/1986
Iame	Sette
Job	Demon's Master
Sex	Female?

Atk/113+125 Mat/167+131
Def/91+143 Mdf/101+52

Lv100	HP/19381 MP/622
Name	Schwein
Job	Sword Dancer
Sex	Male?

Atk/219+281 Mat/13+56
Def/79+151 Mdf/39+21

Lv100	HP/12043 MP/2304
Name	Ako
Job	Cardinal
Sex	Female?

Atk/78+90 Mat/171+0
Def/89+24 Mdf/155+18

Lv102	HP/24603 MP/893
Name	Rusian
Job	Armor Knight
Sex	Male

Atk/92+251 Mat/44+49
Def/163+260 Mdf/89+5

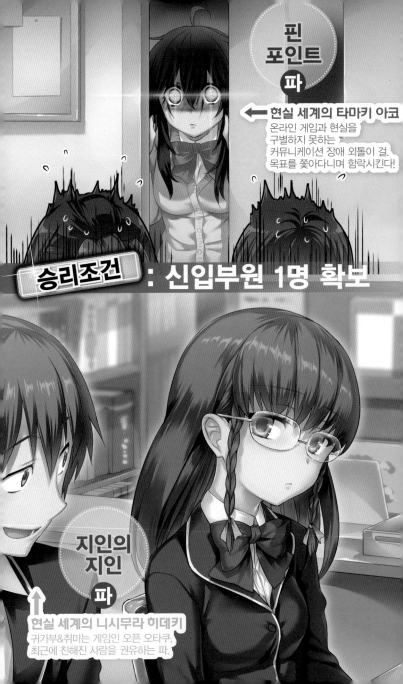

너 대체 무슨 소리를 하는 거야?!

현실 세계의 아키야마 나나코

놀랍게도 지금까지 부원이 아니었던 리얼충. 입부하는가?! 아니면…… 어, 진짜로 폐부?

CONTENTS

And you thought
there is Never
a girl online?

DESIGNED BY AFTERGLOW

온라인 게임의 신부는 여자아이가 아니라고 생각한 거야?

키네코 시바이 지음

Hisasi 일러스트

이경인 옮김

Lv.10

프롤로그

"느ㄱ한함은 개념이에요."

온라인 게임을 보다 더 재밌게 즐기고 싶다면 길드에 가입하자!

마음이 맞는 동료와 함께 모험을 즐기자!

—이렇게, 유저 매뉴얼에 적혀있기는 한데 말이지.

자기한테 맞는 길드를 찾는 거, 어렵지 않아?

길드를 고르는 방법은 사람에 따라 크게 다르다고 생각하거든.

스스로 찾는 사람도 있고, 누가 말을 걸어줄 때까지 솔로 플레이를 이어가는 사람도 있지.

게임 안에서 친해진 사람의 권유를 받는 경우도 있고, SNS에서 찾는 사람도 있지. 다른 온라인 게임을 함께 하던 사람과 길드를 만든다는 패턴도 많아.

대형 길드에 들어가겠다고 결심한 사람도, 작은 길드 말고는 들어가고 싶지 않은 사람도 있어.

골수 게이머 길드를 찾는 사람도 있고, 느긋한 길드를 원하는 사람도 있고.

길드의 종류도 플레이어의 종류도 다종다양하니까, 길드

찾기는 정말로 힘들어.

그렇기에 곤란한 일도 꽤 많지.

◆디 : 길드 【히이라기의 불꽃】 길원 모집 중!

◆디 : 초보자 환영하는 느긋한 길드! 진짜로 진짜!

◆디 : 거기 새싹 마크를 단 당신, 길드 어떠십니까!

내가 그런 길원 모집을 발견한 건, 마침 †검은 마술사† 씨의 면접에서 도망친 직후였던가.

페인 길드를 두려워한 나는 그 『느긋한 길드』라는 문구가 빛나게 보였어.

두근두근하면서 말을 걸었지.

◆루시안 : 저기…… 실례합니다.

◆디 : 오, 길드에 흥미 있어? 들어올래? 들어오겠지? 오케이, 마스터 불러올게ㅋ

◆루시안 : 어, 아뇨, 조금 흥미를 가졌을 뿐인데요.

◆디 : 괜찮아~ 괜찮아~. 체험 삼아 들어와 보면 되니까!

◆루시안 : 에에에에엑?!

디 씨의 압박에 밀려서 어영부영 길마를 기다리게 됐지.

◆디 : 마스터! 가입 희망ㅋ

◆악랄한 타천사 : 여어, 어서 와라.

뭐야 그 사악한 이름! 정말로 느긋한 길드의 마스터 맞아?!

그렇게 놀라기는 했는데.

◆디 : 일단 어디든 놀러 가자고ㅋ

◆루시안 : 네, 네.

권유를 해준 디 씨도 좋은 사람이었고, 분위기를 타서 가입했어.

채팅도 왕성했고, 지루하지도 않아서, 길드에 들어오고 나서 한동안은 나름대로 즐거웠지.

하지만 그 시기, 나는 고등학교 입시를 생각해야 했어.

필연적으로 로그인 빈도가 줄어들고, 게임할 때는 집중해서 할 수밖에 없었지.

그랬더니 어느 날, 길마가 이렇게 말하더라.

◆악랄한 타천사 : 루시안, 요즘 로그인 빈도 낮지 않아?

◆루시안 : 아, 죄송합니다. 현실 사정 탓에.

실제로 확실히 그랬으니까 사과했는데.

◆악랄한 타천사 : 그런 건 다들 똑같거든? 길드 인원수 한도도 무한하지 않다고.

◆루시안 : 네, 네…….

그런 소리를 해도 무리인 건 무리인데.

내가 일단 사과했는데도 계속 뭐라 그러더라.

◆악랄한 타천사 : 애초에 길원이 로그인했는데 인사도 잘 안 하고, 대화에 끼지도 않고, 우리랑 친해질 생각은 있어?

◆루시안 : 에, 에에에에엑?

그런 일로 야단을 맞아야 하는 거야?!

그야 인사에 대답하지 않은 적이 있기는 하지만, 전투 중에는 어쩔 수 없잖아?!

전투가 마무리됐을 무렵에는 다른 화제로 옮겨가고!

그보다 길원이 꽤 많아서 전원이 매번 인사를 했다가는 인사만으로도 채팅창이 다 메워지잖아!

게다가 대화에 끼지 않았다고 화내는 거야?! 이러면 뭔가 현실의 귀찮은 부분만 가져온 것 같잖아! 좋지 않다고?!

……아, 미안. 흥분했네.

그래서, 느긋한 길드라는 소리는 거짓말이었나? 싶어서 길원을 모집하던 디 씨를 길드 멤버 리스트에서 찾아봤는데 — 없어졌더라.

◆루시안 : 어라? 디 씨는 어디 갔나요?

◆악랄한 타천사 : 디 씨라면 길드 나갔어.

◆루시안 : 나갔다고요?!

언제?!

아니, 그보다 그렇다면 나도 나가겠어! 라고 말했더니—.

◆악랄한 타천사 : 나가는 건 상관없지만, 그럼 대신할 사람을 데리고 와.

뭐야 그 블랙기업 같은 시스템?!

◆루시안 : 전혀 느긋하지 않잖아요!

◆악랄한 타천사 : 뭐? 우리는 진지하게 느긋한 길드를 운영하고 있다고, 자칭 느긋한 길드와는 다르단 말이야.

◆루시안 : 진지한 느긋함이라니 그게 뭔데?!

느긋함이란 진지하게 하는 게 아니잖아!

◆루시안 : 아, 맞다! 저는 체험 가입이었으니까! 이걸로 실례하겠습니다!

◆악랄한 타천사 : 아, 잠깐!

◆루시안 : 그럼 실례했습니다!

▶길드 히이라기의 불꽃을 탈퇴했습니다.◀

이야~ 무서웠어 무서웠어.

뭔가 말이지, 가족 같은 직장이라고 적어놓고선 실제로는 블랙 아르바이트 같았다니까.

그래서 나중에 디 씨한테 말을 걸어봤는데—

◆디 : 길드에서 나갈 거라면 누구든 대신할 사람을 넣으라고 해서 말이지ㅋ 안미안미ㅋ

◆루시안 : 웃기지 마!

◆디 : 미안하다니까ㅋ 그 대신 좋은 길드를 소개해줄까 하는데, 안 들어올래?ㅋ

◆루시안 : 누가 들어가겠냐고!

◆디 : 하긴 그렇지ㅋㅋㅋ

그런 일이 있었지.

뭐, 친구가 늘었으니까 지금은 좋은 추억이야.

하지만 이렇게 자신과 맞지 않는 길드도 있는 법이니까.

길원 모집 안내문은 가급적 알기 쉽게 전할 수 있도록 만들어야 한다고 생각하는데ー.

◆루시안 : ー어떻게 생각해?

그렇게 아코한테 물어봤다.

◆아코 : 무섭네요~. 달콤한 말로 속여서 가입하게 만들다니.

◆루시안 : 속일 생각은 없었던 것 같지만 말이야. 그쪽은 그게 느긋함이었을 테니까.

◆아코 : 느긋하게 보내는 것에 진지한 거네요.

◆루시안 : 느긋함이란 뭘까?

◆아코 : 느긋함은 개념이에요.

느긋함의 의미를 영 모르게 됐다.

◆아코 : 하지만 길챗에 참가하지 않는다고 화내는 길드에는 못 들어가요~.

◆루시안 : 우리 길챗은 3할 정도가 아코지만.

◆아코 : 줄곧 네 명밖에 없었던 길드였잖아요.

◆루시안 : 뭐, 그렇지.

조금 늘어난 지금도 여섯 명밖에 없긴 하지만.

아코가 3할 정도 떠들어도 딱히 이상하지는 않다.

그건 일단 넘어가고.

◆루시안 : 그럼 아코한테도 찬성을 받은 걸로 하고…… 이 부원 모집 안내문, 수정하자.

아코가 샘플로 보내온 『부원 모집 세일즈 토크』에 항의를 보냈다.

　◆아코 : 어, 왜요?

　◆루시안 : 완전히 거짓말이잖아! 스스로 읽고도 그런 생각 안 드냐?!

　◆아코 : 현대통신전자 유희부에 들어오면, 당신도 결혼할 수 있습니다! ……맞지 않나요?

　◆루시안 : 안 맞아!

　◆아코 : 저한테는 사실이었는데요?

　◆루시안 : 그런 건 안 된다는 이야기를 하는 거라고!

　현대통신전자 유희부에 들어오면, 당신도 결혼할 수 있습니다! 라는 모집 문구는 확실히 잘못됐다고 생각해.

　우리의 부원 모집은 시작하기 전부터 앞길이 험난했다.

1장

"우리는 임페리얼 트라이앵글이라는 진형으로 싸우자."

엷은 구름이 퍼진 푸른 하늘에 때때로 강한 남풍이 불어왔다.

벚꽃이 흩날리고— 라고 말했다면 멋있었겠지만, 마에가사키 고등학교에는 벚나무가 없다.

하지만 동복을 입기에는 조금 더울 정도라서, 벚꽃이 없더라도 봄은 느낄 수 있게 되었기에 조금 분위기를 타봤다.

요즘에는 드물지도 모르지만, 마에가사키 고등학교는 입학시험 합격발표를 게시한다.

홈페이지에서도 같은 시간에 발표되기 때문에 여동생인 미즈키는 인터넷으로 보는 편이 편하다고 했지만, 나는 결과를 확인하러 학교까지 갔었다.

게시판 앞에 모인 사람들을 헤치고 겨우 찾아낸 내 번호.

그 직후, 마음에서 우러나온 승리의 포즈.

거의 1년 전의 일이지만, 그게 꽤 옛날 일처럼 느껴졌다.

놀랄 만큼 많은 일이 있었고, 긴 것 같으면서도 짧은 1년이었다.

올해도 그런 식으로 지나가면 좋을 텐데…….

"루시안. 반 배정 발표, 보러 가지 않을래요?"

그런 내 감회를 박살내버린 아코가 나를 옆에서 올려다보며 둥실둥실 가벼운 목소리로 말했다.

"아니, 마음의 준비를 좀 하고."

오늘은 시업식. 올해 최초의 등교일이자 반 배정 발표일이다.

반 배정을 확인하기 위해, 합격 발표일처럼 게시판에 사람들이 모여 있었다.

그래서 조금 감상적인 기분이 든단 말이지.

"아아, 긴장되네."

"그런가요?"

"……아코, 왜 오늘은 침착한 건데?"

평소에는 가장 많이 긴장하는 타입이건만.

같은 반이 아니라면 학교 그만둘래요, 라고 말하지는 않을까.

"그야 저희는, 같은 반인걸요!"

"그럴 리가 없잖아!"

고양이공주 씨는 우리 편이지만, 「선생님은 노력해봤지만 무리였다냐☆」 라는 말을 들어도 전혀 놀랍지 않다고!

반 배정은 중요한 이벤트다.

이걸로 1년의 운명이 정해지니까, 슬쩍 보고 끝낼 수는 없다.

아코나 세가와 등 친한 상대는 물론이거니와, 그럭저럭 사이가 좋은 친구가 어느 정도 남아있는지도 중요하고, 담임 선생님이 누구냐에 따라서도 1년의 운명이 크게 바뀐다.

"모든 것이 이 순간에 달려있다고 생각하면, 긴장되지 않아?"

그렇게 아코에게 말했는데―.

고개를 돌리자, 옆에는 아무도 없었다.

"없잖아."

어디로 갔지? 하고 주변을 둘러보자―

"우우우우우."

근처 인파 속에서 아코가 휘청휘청 나왔다.

"괜찮아?"

"어질어질해요~."

인파를 제일 거북해하면서 혼자서 돌진하니까 그렇지.

"어쩔 수 없지. 같이 보러 갈까?"

미뤄봤자 결과는 변하지 않으니까.

나는 용기를 내서 보러 가겠어!

"아, 저랑 루시안, 같은 반이었어요."

"……."

"슈랑 세테 씨도 있었어요. 담임은 고양이공주 씨예요."

"…………."

뭐……라고…….

빤히 아코를 바라봤다.

"왜 그러시나요?"

왜 그러시나요, 가 아니야!

"스포일러 금지이이이이이이!"

"냐우우우우웃!"

아코의 머리를 마구마구 헝클었다.

"스포일러고 뭐고, 이미 알고 있었던 일이었잖아요!"

"자기 눈으로 볼 때까지는 믿을 수가 없잖아!"

지금부터 보러 가려고 했는데, 왜 1분도 못 기다리는 거냐고…….

"스포일러 안 돼, 절대로."

"그치만, 알게 되면 말하고 싶어지잖아요."

에잇, 변함없이 인내심이 없는 녀석이라니까.

이렇게 둘이 떠들고 있었는데…….

"너희들 뭐하는 거야."

졸려 보이는 세가와가 아코 뒤에서 나타났다.

"좋은 아침~. 반 배정, 두근두근하네~."

같이 온 건지 싱글벙글 웃고 있는 아키야마가 아코 옆에 섰다.

"……?"

"……(끄덕끄덕)."

슬쩍 아코와 눈짓을 나누면서 고개를 끄덕였다.

좋아. 이 녀석들도 길동무로 삼자.

"잘 됐네. 우리는 모두 같은 반이었어."

"담임은 고양이공주 씨였어요."

"……."

"…………."

두 사람은 멍하니 우리를 바라봤다.

그대로 몇 초간 시간이 흐르고—.

"왜 말한 거야! 너어어어어어어!"

"나도 아코한테 당했다고오오!"

"나를 말려들게 하지 말란 말이야!"

세가와가 보디 블로로 나를 퍽퍽 쳤다.

아프다고! 은근히 아프잖아!

"아~코~오~!"

"최종보스한테 한 방 먹였어요! 저는 해냈다고요!"

"안 해도 돼!"

아키야마는 아코의 뺨을 잡아당기고 있었다.

두 사람 모두 스포일러 지옥으로 끌어들였다. 크크큭.

"……그렇게 됐으니."

마음을 다잡고, 세 사람을 돌아봤다.

조금 자랑스러워 보이는 아코와, 못 말리겠다는 듯이 쓴
웃음을 지는 세가와, 아키야마와 얼굴을 마주 봤다.

"1년간 잘 부탁해."

나는 살짝 손을 들며 말했다.

"잘 부탁드려요!"

"꺼림칙한 반이네~."

"에이, 즐거울 거야~."

세 사람의 대답을 듣고, 지루하지 않은 1년이 될 것 같구나~ 라고 생각했다.

그때―.

"……부럽구나."

원념이 담긴 목소리가 들려왔다.

"나를 제쳐놓고, 다들 사이좋게 같은 반…… 아아, 참으로 멋진 일이구나……."

우리보다 더욱 뒤쪽에서 검은 오라를 두른 마스터가 천천히 다가왔다.

"어, 어어, 좋은 아침. 마스터."

"좋은 아침, 제군. 참고로 나는 3학년 1반이지만, 흥미는 없겠구나. 아아, 나 스스로도 딱히 흥미는 없다."

"아니, 중요하거든?! 마스터네 반 중요해!"

"저는 동료예요!"

"놀러 갈게, 응?"

"쿄우 선배, 파이팅!"

우리의 필사적인 격려를 들은 마스터는―.

"음…… 나도 반에서 친구라는 것을 만들어보려고 생각 중이다……."

마치 성공률 0퍼센트의 퀘스트에 도전하는 듯한 얼굴로 말했다.

여느 때와 변함없이 우리의 2학년이 시작됐다.

††† ††† †††

다른 친구를 찾아보겠다는 세가와와 아키야마와 헤어진
뒤, 아코와 함께 교실로 향했다.

"예전보다 현관이 멀어졌네요."

"착각해서 작년 교실로 가지 말라고."

"우우우. 그거, 중학교 때 저질렀어요."

"괜찮아. 나도 그랬으니까."

"정말인가요? 착각해서 자리에 앉으면 주변 사람들이 싸
늘한 시선으로 보더라고요!"

"아, 아니…… 들어간 직후에는 눈치챘는데……."

"루시안은 동료라고 생각했는데, 배신이에요!"

거기까지 동료가 되고 싶지는 않은데.

그런 대화를 나누며 향한 곳은 2학년 5반. 우리가 1년 동
안 보낼 교실이다.

"……여기네요."

"그렇게 적혀있으니까."

2학년 5반 교실은 3층 끝에 있었다.

1학년 때는 2층이었던 터라 조금 불편하다.

하지만 창문으로 보이는 경치는 예전보다 먼 곳을 볼 수

있을 것 같았다.

"안 들어갈 거야?"

"루시안 먼저 들어가세요."

"뭐, 상관은 없지만."

어째선지 아코는 반 배정을 확인할 때보다 긴장한 얼굴이었다.

"실례합니다~."

드르륵 문을 열고 교실로 들어가자 익숙한 얼굴도 있고 낯선 얼굴도 있는, 새 학년이라는 느낌이 물씬 나는 반이었다.

오, 타카사키도 있군. 아는 사람이 있으니 다행이네.

"자리는 어떡할까?"

"저기 적혀있어요."

내 뒤에 숨어서 들어온 아코가 저기요, 하고 칠판을 가리켰다.

칠판에는 깔끔한 글자로 이렇게 적혀있었다.

앉고 싶은 자리에 앉아주세요 (=^·^=)

칠판에 이모티콘이라니, 이거 완전히 고양이공주 씨네.

"일단 앉혀놓고 나중에 자리 배정을 하는 걸까요?"

"아니, 그 사람이라면 한 달 정도는 가뿐하게 이대로 갈 걸?"

1학년 때도 꽤 오랫동안 출석번호순으로 앉았으니까.

고양이공주 씨는 성실한 선생님이지만, 문제없는 범위 안에서 적당히 힘을 빼는 요령은 온라인 게이머의 특기라고.

"그렇다면 이 배치는 중요하네요!"

교단 옆에 선 아코가 으으음 하고 고민하기 시작했다.

"그렇게까지 고민할 것 있어? 예전 반 친구 근처로 가면 되잖아."

"언제부터 저한테 친구가 있다고 착각하고 계셨죠?"

"슬픈 소리 하지 말라고!"

저쪽에서는 아코를 친구라고 생각하고 있을 경우도 있을 거라 생각하거든?!

"그럼 가령, 예전 반 친구가 없다고 한다면, 왜 고민하는 건데?"

그런 내 물음에 아코는 양손을 꽉 쥐고 몸을 앞으로 기울이며 대답했다.

"그야 물론, 루시안의 앞, 뒤, 옆, 어디에 앉을까에 대해서죠!"

"그걸 고민하고 있었어?"

"물론이죠! 중요한 문제라고요!"

아무리 생각해도 바보 같은 문제였지만, 아코는 진지한 얼굴로 말했다.

"먼저 루시안 앞에 앉으면, 뒤를 돌아보면 언제라도 얼굴을 볼 수 있어요. 게다가 이렇게 돌아보면 루시안이 있다는 시추에이션, 좋네요!"

"모르는 바는 아니지만."

앞자리에 앉은 아코가 뒤로 빙글 돌아 내게 프린트를 건네주는 상황이라…… 조금 좋을 것 같기도 하다.

"옆에 앉으면 언제라도 루시안의 옆모습을 볼 수 있고, 교과서를 잊어버리면 보여달라고 부탁할 수도 있겠네요!"

"교과서를 잊어버렸을 때는 다른 반 친구한테 빌리면…… 아니, 미안."

심한 소리를 할 뻔했다. 그런 친구가 있을 리 없지.

이러는 나도 교과서를 가볍게 빌리고 빌려줄 수 있는 친구는 없는 것 같다.

"하긴, 각자 잊어버렸을 때 함께 볼 수 있고. 좋네."

"그렇죠? 책상을 나란히 붙이고 앉다니, 멋져요."

둘이서 서로 상처를 핥아줬다.

응. 절대로 준비물을 까먹지 않도록 조심하자.

"뒤에 앉는 것도 매력적이에요. 어떤 때라도 항상 루시안을 볼 수 있고, 또 루시안이 저를 돌아볼 때도 있겠네요!"

"나는 저주받은 기분이 들겠지만."

뒤에서 항상 빤히 바라보다니, 상상하는 것만으로도 엄청 무섭다.

하지만 뭐, 어디에 앉든 간에 내 옆에 오는 것만은 틀림없다는 뜻이다.

"어디든 좋으니까 앉자고."

"너무 대충이잖아요!"

그치만 우리가 구석에서 대화를 하는 사이에 자리가 점점 차고 있잖아.

이대로 가면 앞자리밖에 남지 않는다고.

"……그래. 대충 정하면 안 돼."

그때 우리 사이를 끼어들듯이 진지한 목소리가 들려왔다.

"어라, 세가와."

"두 사람, 아직도 안 앉았어?"

뒤에서는 얏호~ 라며 손을 올리는 아키야마가 보였다.

"니시무라, 아코, 나나코. 우리는 임페리얼 트라이앵글이라는 진형으로 싸우자."

"뭐?!"

뭔 소리야?!

임페리얼 트라이앵글?! 그게 뭔데?!

"방어력이 높은 니시무라가 앞줄, 나나코가 옆에서 굳혀. 나는 아코 뒤에 앉을게."

세가와는 곤혹스러워하는 우리를 제쳐놓고 지시를 내리듯이 손가락을 세우면서 말을 이었다.

"아코의 포지션이 제일 안전해. 안심하고 수업 받아."

"무슨 진형인 건가요?!"

뭐랑 싸울 생각인데?!

"긴장 풀면 안 돼. 니시무라가 제일 중요한 포지션이니까."

"어째서?"

"네가 있는 한 아코는 제대로 앞을 보고 일어나 있을 거 아냐."

세가와가 진지하게 단언하자 아코도 납득한 얼굴로 끄덕였다.

"과연!"

"과연 좋아하시네! 전혀 과연이 아니지만…… 아아아, 젠장. 과연 그러네!"

"어느 쪽이야?"

아키야마가 쓴웃음을 지었다.

그치만, 아코가 앞에 앉은 나를 뒤에서 빤히 보고 있다면 ─ 그건 선생님 쪽에서 보면 진지하게 수업을 받고 있는 것 같잖아!

"그리고 내가 아코 뒤에서 자지 않도록 감시하고, 옆에는 나나코를 배치해서 딴 짓을 막는 거야. 이러면 아코의 시험 평균 점수을 벌 수 있어!"

"완벽한 진형이네!"

"그렇게까지 하지 않아도 될 것 같은데."

아니아니, 아코한테는 필요해. 긴장을 풀면 바로 진급이 위험해진다니까.

올해부터는 대학 진학을 목표로 노력해줬으면 하니까, 수업도 진지하게 받게 해야지.

그러나 아코는 조금 미묘한 표정으로 말했다.

"괜찮다고 생각하지만, 그래도 근처에 슈랑 세테 씨가 있는 건 조금……."

"어째서?"

아코는 부끄러운 듯이 양손으로 얼굴을 덮었다.

"근처에 앉았다가 리얼충이라는 오해를 받으면 부끄럽잖아요."

"그건 내가 할 말이야! 반대 의미로!"

"자, 자~."

결국 우리는 임페리얼 트라이앵글로 자리를 정했다.

왠지 모르게 창가 쪽이 남자, 통로 쪽이 여자라는 느낌으로 갈려서 교실 한가운데쯤에 앉았다.

여자가 근처에 앉아있으니까, 남자들이 이상하게 보지 않도록 조심하자.

"나나. 또 같은 반이네!"

"꺄아, 카오! 1년 동안 잘 부탁해~!"

아키야마, 세가와 쪽은 앉자마자 사람들이 모여들었다.

바로 꺄아꺄아 소란이 시작됐다. 친구가 없어 곤란하지는 않은 것 같으니까 부럽네.

아코도 저 그룹에 끼면 될 텐데…… 라고 생각하던 그때—

"……."

"…………."

왠지 뒤에서 시선이 느껴졌다.

아니, 이상하지? 시선을 느끼다니. 느껴질 리가 없잖아.

하지만 느껴진다고. 누가 보고 있다는 걸. 확실히!

그래서 빙글 돌아보자―.

"…………(싱글벙글)."

싱긋~ 웃고 있는 아코가 나를 보고 있었다.

"…………."

말없이 다시 자세를 고쳤다.

그러자 역시 시선이 느껴졌다.

돌아보자―.

"…………(붕붕)."

싱글벙글 웃고 있는 아코가 내게 손을 흔들었다.

살짝 돌아보고, 다시 고개를 돌리자 역시 시선이―.

"아니 이제 됐다고!"

"네?"

뒤를 돌아보고 외쳤다.

"멍하니 여기 보고 있지 말고, 너도 저쪽 이야기에 들어가란 말이야!"

저쪽, 하고 세가와 쪽으로 아코의 얼굴을 돌렸다.

그러자 아코는 노골적으로 상처 받은 표정을 지으며 말했다.

"왜 그런 심한 소리를 하는 건가요?!"

"한 마디도 안 했거든?!"

모처럼 같은 반인데다 처음부터 친구가 있으니까, 그걸 살리라고!

오히려 저쪽에서 아코를 불러줄 정도잖아!

"자, 저기 아키야마가 이리 온 이리 온~ 이라는 표정을 하고 있잖아!"

"저건 식충식물이 먹이를 찾아 달콤한 꿀을 내보내고 있는 거예요!"

"왜 그런 심한 소리를 하는데?!"

아키야마가 아까 전의 아코 같은 표정이 됐잖아!

"픕, 나나코. 아코랑 똑같은 표정……."

"아카네. 웃지 마~."

"타마키는 이야기하면 꽤 재미있다니까."

예전 아코네 반에서 본 적 있는 여자가 그런 소리를 했다.

아코 쪽은 몰라도, 저쪽에서는 인상이 강하겠지.

"아, 아뇨, 저기, 저는—."

"식충식물은 잡으면 놓치지 않는다고~."

아키야마의 손이 옆자리에 있는 이점을 살려서 스윽 뻗어와 아코에게 얽혔다.

오오, 이거 깔끔한 바인드인데?

"싫어요오오오오! 루시안~!"

"루시안이라고 부르지 마."

굉장히 그리운 태클을 걸면서 뒷일은 저쪽에 맡겼다.

아코와 같은 반이라니 큰일이네~ 라고 생각했지만, 모두가 있으니 그렇지도 않네.

잘 하면 아코에게 친구가 늘어날지도 모르겠다.

그럼 내게는 오지 않게 되고…… 아, 그건 그것대로 조금 쓸쓸한데? 아코가 평범한 여자아이가 되어주길 바라긴 하지만, 막상 되어버리면 그건 그 나름대로 싫을 것 같다.

내가 생각해도 억지가 참 심한 것 같다.

하아, 하고 한숨을 내쉰 그때—.

"니~시~무~라~."

"예에입?!"

깜짝 놀랐네!

뭔가 저주받은 것 같은 목소리가 옆자리에서 들렸다.

조심스럽게 옆자리— 즉, 남자 쪽을 돌아보자—.

"어, 어어. 타카사키. 같은 반이네."

타카사키가 다른 남자와 함께 앉아있었다.

1학년 때 같은 반이었던 남자도 있지만, 모르는 얼굴도 많다.

타카사키 녀석, 은근히 주변에 사람들이 모이는 타입이군.

그런 타카사키가 나에게 원한이 담긴 시선을 보냈다.

"니시무라는 내가 있든 없든 똑같지? 그보다 잘 됐네~.

타마키랑 같은 반이고오오."

　"아침부터 처음 꺼내는 화제가 그거냐?!"

　조금 더 밝은 화제를 꺼내라고!

　"어? 뭐야? 두 사람 사귀어?"

　"아니, 사귄다기보다는……."

　"그게 말이지~ 내가 부활동 끝나고 집에 갈 때 보면 니시무라랑 타마키가 엄청 염장을 질러대면서 가고 있거든. 정말 죽고 싶어진다니까."

　"그걸 보고 있었냐?!"

　"아~ 아~, 본 적 있어!"

　"부활동 하는 녀석들한테는 익숙한 광경이지."

　진짜냐……. 보고 있었던 건가.

　확실히 부활동 종료와 동시에 돌아가니까 부활동을 하고 있으면 비슷한 시간에 돌아가겠지.

　"게다가 부부라더라."

　"거짓말! 진짜로?"

　"아니아니, 아니거든!"

　그건 아코가 주장하고 있을 뿐이라고!

　새 학년이 되자마자 느닷없이 오해가 번지고 있어!

　"애초에 나이를 따져 봐도 무리잖아!"

　"그건 그렇지."

　그렇게 웃는 낯선 남자에게 나는 가급적 가볍게 들리도록 말했다.

"우연찮게 같이 게임을 하다가, 그걸로 조금 알고 그런 거지."

"아, 그런 건가."

오, 좋은 리액션.

그런 거라는 말이 나온 순간 분위기가 조금 풀어졌다.

그래그래, 이 느낌이지. 오타쿠 관련 친구라는 이야기는 왠지 하찮게 보여서 질투하기 힘들다.

예전 반에서는 중간부터 오타쿠 캐릭터가 아니라 루시안 캐릭터로 변했지만, 내 본래 포지션을 되찾아야 해!

"그래도 니시무라, 게임 속에서는 결혼했잖아? 젠장, 말도 안 돼!"

"타카사키 너도 하면 되잖아. 방에 컴퓨터만 있으면 간단하다니까."

"내 방에 있을 리가 없잖아."

"방에 컴퓨터 있는 거냐? 얼마나 하는 건데? 휴대전화만 있으면 되지 않아?"

"애니 같은 거 컴퓨터로 녹화하면서 보는데."

"니시무라 너 애니도 보냐? 심야 애니 같은 거?"

좋았어! 달려들었다!

아직 이름도 모르는 남자가 마치 일반인 같은 얼굴로 말하고 있지만─ 진짜 일반인은 애니라는 말을 듣고 곧바로 심야 애니라는 말이 나오지 않거든!

크크크, 실은 심야 애니를 보고 있지만 이런 이야기를 그다지 못하는 너에게, 애니 토크를 할 이유를 만들어주마! 각오해라!

††† ††† †††

"……지쳤어."

"지쳤어요~."

새로운 반에서 오타쿠 캐릭터 인지를 위한 포지션 확보라는 고난을 넘어, 겨우 귀가 시간이 찾아왔다.

"근데 당연하다는 듯이 같이 돌아가네."

"당연하잖아요."

"……그렇긴 하지만."

돌아가기 전에도 「같이 돌아가요」라고 권유하는 것이 아니라 「그럼 돌아갈까요?」라고 말했으니까. 나와 돌아가는 게 당연하게 생각됐다.

그럴까, 라고 끄덕인 나도 이제 틀렸을지도 모르지만.

하지만 이렇게 함께 돌아가는 모습을 다들 보고 있는 건가…… 라고 생각해서 주변을 보자, 확실히 남녀 페어로 하교하는 학생은 별로 없었다.

"우리처럼 둘이서 돌아가는 사람은 별로 없네."

"리얼충으로 보이는 걸까요?"

"보이는 것 같더라."

리얼충으로 보이는 탓에 반 애들한테 질투를 받았으니까.

—그보다, 조금 신경이 쓰이는데…….

"아코 너, 주변에서 너를 리얼충으로 봤으면 해, 아니면 리얼충으로 보지 말았으면 해? 어느 쪽이야?"

교실에서는 세가와네 그룹에 들어가기 싫어했는데, 하교 중에 리얼충으로 보이는 것은 기쁜 건가?

대체 어느 쪽을 바라는 건지 물어보자—.

"어어…… 모르는 사람은 리얼충으로 생각했으면 좋겠지만, 아는 사람은 리얼충으로 생각하지 말았으면 좋겠어요. 동료라고 생각하면 곤란해요."

"……귀찮기 그지없고, 성가시기 그지없지만, 그런데도 마음은 이해가 가…… 어째서냐고…….."

타인에게는 의기양양한 표정을 보이고 싶지만, 반 남자들에게는 변명을 해버리는 그 느낌, 이해가 됐다.

"나도 우리 반의 껄렁한 남자 그룹에는 섞이고 싶지 않으니까……."

"하지만 루시안. 즐겁게 이야기하고 있었잖아요."

아코가 조금 부러운 듯이 말했다.

그게 즐거워 보였냐.

즐겁지 않은 건 아니지만, 그 이상으로 힘들다고.

"아코라면 알 텐데. 그러고 있는 내가 얼마나 고생하는지. 대화가 끝나면 뇌내 반성회가 시작된다고."

"알아요. 저도 언제나 반성회에요."

아코가 어깨를 풀썩 떨궜다.

나도 아코도, 반성을 해도 변하는 게 없다고 생각하지 만……

"그러고 보니, 아코는 그쪽 애들하고 무슨 이야기를 했는 데?"

"남자친구가 한 반에 있을 때의 주의사항 같은 걸, 경험자 한테서 들었어요."

"……흐, 흐음."

진정해라, 나. 좋아하면 안 돼.

다음에 아코가 무슨 소리를 할지는 대충 알고 있다고.

"부부인 저희하고는 다르지만, 조금은 참고가 됐어요."

"……그러십니까."

역시나!

그렇겠지, 라고 생각하면서도 조금은 기대했는데! 실망이 야!

"고등학생 부부는 적으니까, 공부가 되는 부분은 도입하 기로 했어요."

아코가 가슴을 활짝 폈다.

확 튀어나온 부분에서 가급적 시선을 돌렸다. 보기 거북합니다.

"성장한 것처럼 말하고 있는데, 결국 변하는 것은 없다고. 부부가 아니니까."

"루시안은 또 그런 소리를~."

어쩔 수 없다는 표정 짓지 말라고.

그 표정은 내가 지어야 한다니까?

"루시안도 변함이 없네요~. 조금 더 진전되어도 좋을 거라 생각하는데요."

"나도 진전하고 싶다고는 생각하거든?"

하지만 단숨에 부부가 되는 건 좀 아니라고 생각해.

첫 한 걸음을 밟게 해줬으면 좋겠다.

"그럼 손을 잡고 걷는다거나…… 어떤가요?"

"……잡을래?"

"어, 괜찮나요? 등하교에서는 안 된다고 하지 않았나요?"

"이젠 익숙한 광경인 것 같으니까, 괜찮지 않을까?"

말은 이렇게 했지만, 사실은 그게 아니다.

내 신부는, 잘 보면 귀엽단 말이지.

1학년 때에는 대부분 자는 척을 하거나 나한테 도망쳐 왔기 때문에 반 애들의 관심 대상이 아니었다.

하지만 2학년이 되고 나와 세가와, 그리고 아키야마가 같은 반이기에 아코는 꽤 즐겁게 지내고 있다. 웃거나, 화내거나, 이리저리 움직이기도 한다.

그렇게 되면— 의외로 남자의 시선을 모으게 된다.

우리는 부부가 절대로 아니지만, 부부가 아니라고 강하게 주장하지만, 그렇다고 해서 아코를 다른 남자에게 뺏기는 건— 싫다.

어리광 같이 들리더라도, 그건 역시 싫다.

그렇기에 다른 남자들에게 「얘는 내 거야!」라고 어필하고 싶은 기분이 들었다.

이런 건 아코에게는 말 못하지. 말하면 좋아하겠지만, 부끄럽잖아.

"그럼, 갈까?"

주변의 시선을 신경 쓰면서 살며시 아코에게 손을 뻗었다.

"기다려주세요. 땀, 땀 좀 닦을게요."

"그만두라고. 나도 땀을 닦고 싶어지잖아."

손을 잡은 적은 몇 번 있긴 하지만, 이렇게 학교에서 돌아가는 길에서 하기에는 조금 긴장된다.

"실례합니다."

"나야말로."

쓸데없이 딱딱한 대화를 나눈 뒤에, 앞으로 내밀어진 아코의 손을 맞잡았다.

조금 서늘하지만 변함없이 부드러웠다.

"……뭐, 뭐라고 말 좀 해봐."

"……루시안이야말로 뭐라고 말 좀 해보세요."

서로의 상황을 엿보듯이 맞잡은 손의 힘을 주거나 빼거나.

걷다가 거리가 조금 벌어지면 둘이서 손을 서로 당기거나.

그렇구나. 손을 잡고 걷는다는 건 이런 느낌이었나.

"……에잇."

그때, 아코의 손이 스윽 손가락을 얽으며 다시 잡아왔다.

이른바, 연인 깍지라는 것이다.

닿는 감촉은 그다지 변하지 않지만, 손가락이 전혀 떨어지지 않아서 두 사람의 손이 하나가 된 것처럼 느껴졌다.

주변의 시선이 한층 더 날카로워진 기분이 들었다.

"……그리고 보니 아코, 이걸 뭐라고 부르는지 알아?"

"그러니까, 그, 연인 깍지……."

아코가 조금 쑥스러워하며 대답했다.

"헉!"

그러다 갑자기 눈을 크게 뜨더니 조심조심 말했다.

"이름, 부부 깍지로 바꾸지 않을래요?"

"정식명칭이니까 아코의 의견만으로는 안 바뀌겠지."

"우우우, 부부끼리 연인 깍지를 해도 딱히 상관은 없을 거예요."

"그러게."

"대답이 대충이에요!"

깍지를 끼고 통학로를 걸었다.

1년 전까지는 이런 일은 생각도 하지 못했다.

나와 아코가 조금씩 절충을 하면서, 두 사람의 사이를 조심스럽게 좁혀왔다는 증거 같이 느껴졌다.

이것도 성장이라고 해야 하나.

"후후후후후~."

아코가 맞잡은 손을 크게 흔들며 헤실헤실 웃었다.

"기분 좋아 보이네."

"그야 시험도 아직 멀었고, 학교에서도 루시안과 함께 있고, 새 직업 업데이트도 코앞이고!"

아코가 뺨을 느슨하게 풀면서 말했다.

"저는 지금, 행복해요!"

"그건 나도 마찬가지지만."

성가시기는 하겠지만, 아코와 같은 반이라 기쁘다.

공부도, 제대로 수업을 받게 만들기만 하면 조금은 편해질 테고.

다만, 잊고 있었지만…….

"부원 모집, 무슨 수를 써야 하는데 말이지."

"……그랬죠."

맞잡은 손에서 아코의 힘이 추욱 빠졌다.

††† ††† †††

밤, 게임 안, 항상 만나는 장소.

◆애플리코트 : 미안하다. 기다리게 했군.

마스터가 조금 늦게 로그인했다.

◆슈바인 : 오우, 늦었잖아.

◆세테 : 수고했어~.

◆아코 : 안녕하세요. 마스터.

◆루시안 : 마스터, 스케줄 괜찮아?

◆애플리코트 : 음. 문제없다. 오히려 본래대로라면 방과 후에 회의를 하고 싶었는데 말이지.

마스터가 감정표현으로 고개를 꾸벅 숙였다.

◆슈바인 : 내일은 입학식이잖아. 그럴 여유는 없다고ㅋ

내일은 입학식. 마에가사키 고등학교에 새로운 1학년이 입학한다.

학생회장인 마스터는 그 준비로 매우 바쁘다. 방과 후에 현대통신전자 유희부의 미팅을 할 시간이 없었다.

그래서 밤에 게임 안에서 회의를 하게 되었다.

◆애플리코트 : 게임 속이라 미안하지만, 현실 회의를 하자. 슈바인은 슈바인 상태를 해제해도 좋다.

◆슈바인 : 왜 편하게 있어도 된다는 식으로 말하는 거야.

그런 말을 하면서도 슈가 세가와 상태로 돌아갔다.

자, 회의 시작이다.

◆애플리코트 : 의제는 물론, 신입부원에 대해서다. 예전에도 말했지만, 마에가사키 고등학교에서는 모든 부가 부활동

권유 기간 중에 한 명 이상의 신입부원을 들일 필요가 있다.

◆세테 : 그렇지.

그렇다. 교칙으로 『신입부원을 모집하세요』라고 정해져있는 것이다.

현대통신전자 유희부는 제멋대로 놀고 있긴 하지만, 교칙을 깨는 위험한 짓은 전혀 하지 않았다. 문화제도 제대로 참가했고, 학교 봉사활동으로서 정보실 컴퓨터 정리 등도 하고 있다.

그 상태에서 『학생회장이 아코를 보살펴주는 부』라는 식으로 가까스로 존재를 허락받고 있다. 은근히 위태로운 부활동이다.

아무리 귀찮더라도 부원을 모집하지 않겠어요! 라고 말했다가는 즉시 폐부될 수도 있다. 더럽군. 역시 교사, 더러워.

◆루시안 : 어떻게 넘어가야 할지 생각해야겠네.

◆슈바인 : 평범한 부활동이면 어떻게 사람을 모을지 상의할 텐데.

◆루시안 : 그런 부가 아니니까 말이지.

솔직히 부원은 필요 없을 정도라니까.

◆애플리코트 : 음. 봄 합숙에서도 상의했다만, 우리의 제1목표는 지금의 현대통신전자 유희부를 유지하는 것이다. 그걸 위해 필요한 방책은 모두 강구해보고 싶다. 다들 기탄없는 의견을 들려다오.

◆아코 : 네~.

아코가 기운차게 대답했다.

하지만 괜찮나? 기탄없는, 이라는 부분에서 ? 마크의 감정표현이 떴는데.

◆세테 : 저기, 이 회의, 나도 참가해도 되는 거지?

그때 세테 씨가 말했다.

이제 와서 뭘 걱정하는 겁니까.

◆슈바인 : 세테도 동료잖아.

◆루시안 : 오히려 믿고 있는데.

◆애플리코트 : 음. 잘 부탁하마.

◆세테 : 그렇구나!

세테 씨는 좋~았어! 라며 기합을 넣는 포즈를 취했다.

◆세테 : 그럼 나도 진지하게 할게!

의욕이 넘치는군.

어째서일까. 이 사람이 의욕을 내면 오히려 불길한 예감이 드는데…….

◆루시안 : 그럼, 구체적으로 어떻게 할지에 대해서인데.

◆슈바인 : 가장 이상적인 건 어떤 전개일까?

◆아코 : 아무도 들어오지 않는 것 아닌가요?

아코가 고개를 갸웃하며 말했다.

◆아코 : 다른 부활동처럼, 누구라도 좋으니까 입부 오케이~, 인 건 아니니까요.

◆애플리코트 : 물론이지.

평범한 부활동이라면 한 명이라도 많은 부원을 모으자!라고 생각하겠지만, 우리는 그렇게 부원을 늘리면 곤란하다.

◆슈바인 : 만약 부실에 모르는 사람이 10명 정도 있으면 어쩔 거야? 아코.

◆아코 : 두 번 다시 안 가요.

◆루시안 : 그렇겠지.

아코의 얼굴에는 커다란 땀방울이 흐르고 있었다.

그야 그렇지. 가뜩이나 낯을 가리는 아코가 모르는 후배들에게 둘러싸인 상태에서 즐겁게 온라인 게임을 할 수 있을 리가 없다.

◆루시안 : 그보다 나도, 모르는 사람이 많으면 진정이 안 된다고.

◆애플리코트 : 지금의 부실이 우리에게는 좋은 공간이 되어 있는 거로군.

◆슈바인 : 박살나는 건 싫어.

부원이 늘어서 지금의 온라인 게임부가 망가지는 것은 싫다. 그런 이야기는 합숙에서도 했었지.

◆슈바인 : 하지만 아무것도 하지 않으면 혼나는 건 마스터랑 고양이공주 선생님이잖아.

슈가 검을 부웅 휘두르자 날아간 검이 마스터의 머리에 푹 꽂혔다.

아니, 대미지는 없지만, 겉으로 보면 무섭다고.

마스터는 고개를 붕붕 흔들어서 꽂힌 검을 지우며 말했다.

◆애플리코트 : 나는 상관없다만, 교사 생활 2년차인 사이토 교사에게 너무 부담을 주는 것도 문제지. 게다가 교칙을 위반하면 최악의 경우 폐부가 될 수도 있다.

◆세테 : 일단 노력하는 모습은 보여줘야겠네.

◆루시안 : 노력이라…… 노력이라고 해도 말이지.

◆세테 : 모집하는 척이라도 해야 하지 않을까?

◆아코 : 모집하는 척…… 힘들 것 같아요…….

적어도 겉으로는 열심히 부원을 찾고 있습니다! 라는 모습을 보여줘야 한단 말인가.

◆슈바인 : 뭐, 일부러 이런 부를 찾아서 스스로 입부하러 오는 사람은 없겠지. 모집하는 척을 해도 문제없을 거야.

설령 있다 해도 어차피 남자일 테니 여자뿐인 부를 보면 도망칠 것 같다.

◆루시안 : 그럼 대충 모집하는 척을 하고, 「하지만 아무도 오지 않았습니다」라고 해서 넘어갈까?

◆슈바인 : 그럼 역시 혼나지 않을까?

◆애플리코트 : 최악의 경우에는 그렇게 해도 좋겠지만, 좀 더 좋은 수단을 생각하고 싶다.

확실히 이 부가 지금보다 더 선생님들한테 미움을 받으면 성가시게 될 것 같았다.

◆루시안 : 그럼 어떻게든 도망칠 수 있는 작전을 생각해볼까?

◆아코 : 네~.

이렇게 제대로 할 생각이 없다는 방향으로 이야기가 진행되고 있는데—

◆세테 : 잠깐 잠깐!

어라? 세테 씨가 스톱을 걸었다.

◆루시안 : 왜 그래?

◆세테 : 이상해~ 이상해, 이야기의 흐름이 이상해!

세테 씨는 일어나서 짜잔~! 하고 등 뒤에서 빛을 내뿜었다. 물론 스킬로.

◆세테 : 일단 열심히 모집해보는 게 평범한 부활동 아니야?! 왜 처음부터 도망칠 작정으로 생각하는 건데?!

역시 세테 씨. 멀쩡한 고등학생다운 정론을 말하는구나.

하지만 우리는 멀쩡한 고등학생이 아니다.

◆아코 : 그건 인생이 잘 돌아가는 리얼충의 발상이에요.

◆슈바인 : 우리가 노력해봤자 어차피 제대로 모집되지 않을 거야.

◆애플리코트 : 자랑은 아니다만, 아무리 인심장악에 대해 공부해도, 인심을 장악한 적은 없었다.

우리보고 사람을 모으라니 무모한 것도 정도가 있지.

우리의 포기한 표정을 본 세테 씨는 울컥울컥 분노의 감정표현을 꺼냈다.

◆세테 : 그러니까 처음부터 치사한 방법만 생각하면 안 된다고! 그건 치트야! 치터라고!

뭐……라고……?

우리가 치터라고……?

◆루시안 : 말해도 되는 것과 안 되는 게 있잖아!

◆아코 : 치트라고 부르지 말아주세요! 진짜로 화낼 거예요?!

◆애플리코트 : 발언 철회를 요구한다!

◆세테 : 에에엑?! 그렇게 화낼 일이야?!

◆슈바인 : 지금은 네가 잘못했어.

그야 화내지. 당연히 화가 난다고.

온라인 게임 플레이어는 치터 취급을 받으면 진심으로 화를 낸다.

그러므로 치트라는 말은 농담으로라도 결코 해서는 안 된다.

그리고 진짜로 치터 같다면 오히려 얽혀서는 안 된다.

◆슈바인 : 치터 취급, 툴러 취급, 매크로 취급, 그런 건 선전포고로 여겨진다고.

◆아코 : 빠빠빠빠빠빠우와~.[1]

이건 기둥에 매다는 것도 고려할 정도라고.

◆세테 : 우우…… 그래도 가장 좋은 건 모두와 마음이 맞는 사람이 입부해주는 거잖아?

#1 빠빠빠빠빠빠우와~ 게임 『시드 마이어의 문명 4』의 선전포고 BGM.

◆루시안 : 그게 된다면 고생하지 않겠지만.

◆슈바인 : 그런 사람은 없어.

◆아코 : 없죠!

◆애플리코트 : 틀림없지.

◆세테 : 단정 짓는 건 그만두자!

세테 씨는 그렇게 말하며 가게 의자에서 벌떡 일어났다.

◆세테 : 그래도 만약에 이미지에 맞는, 이상적인 신입부원이 오면 환영이잖아?

이미지에 맞는, 이상적인 신입부원이라…….

그야 전혀 불만이 없고, 우리의 동료가 될 수 있는 사람이 있다면 대환영이지.

◆슈바인 : 뭐, 그렇지. 완벽하게 이상적인 신입부원을 찾을 수만 있다면야.

◆아코 : 그렇죠.

◆세테 : 그럼 학교 어딘가에 이상적인 신입부원이 있으리라 믿고 찾아보자!

세테 씨는 주먹을 들어 올리며 말했다.

◆루시안 : 찾아보자고 해도 말이지.

◆세테 : 아무튼 부원을 찾는 척은 하는 거잖아?

그렇다면! 하고 세테 씨는 말을 이었다.

◆세테 : 입부해준다면 기쁠 것 같은 사람을 찾아보는 편이 가장 좋아!

◆루시안 : 그야 뭐, 분명 그렇겠지.

정말로 우리의 동료가 되어줄 수 있는 사람이 있다면 환영하고 싶은 마음은 있으니까.

어차피 찾는 척을 할 바에는 의미가 있는 일을 하는 편이 좋을지도 모르겠다.

◆슈바인 : 이상적인 신입부원이라……

◆애플리코트 : 흠…….

◆아코 : 또 하나의 루시안……?

◆루시안 : 그런 건 없어.

그게 아코의 이상이냐. 멋대로 나를 늘리지 말라고.

◆루시안 : 나는…… 아코에게 추파를 던지지 않는 녀석이려나.

절대조건이다.

길드 밖에서 귓속말이 날아오는 것만으로도 성가신데, 길드 안에서 옥신각신하는 건 정말로 봐줬으면 좋겠다.

◆세테 : 그럼 여자라면 대부분 OK 아니야? 그거 말고는 없어?

◆루시안 : 음…… 가능하면 남자지만, 딱히 아니어도 상관없으니까.

내 이상적인 신입부원…… 글쎄…….

어떤 조건이라도 달아도 된다고 한다면…….

◆루시안 : 이 길드에는 고집 세고 기세가 강한 캐릭터성이

진한 녀석들밖에 없으니까, 좀 더 조용한 1학년이 들어와 줬으면 좋겠어.

　◆아코 : ………….

　◆슈바인 : …….

　◆애플리코트 : ……………….

　◆루시안 : 『……』라고 채팅을 친다고 조용한 게 아니거든?! 그런 아이가 좋다는 이야기도 아니고!

　◆루시안 : 나는 성실한 태클 역할이 부족하다고 말하고 싶은 거라고! 이 길드는 바보짓만 많이 해서 태클 부족이 심각하단 말이야!

　◆슈바인 : 확실히 그러네.

　◆애플리코트 : 길드의 바보짓과 태클의 비율은 건전한 길챗 운영에 중요한 요소이니 말이다.

　◆아코: 저는 바보짓을 한다는 생각은 없는데요.

태연자약한 얼굴로 말하지만, 자각이 없는 게 제일 문제라고.

　◆세테 : 그럼 아코는 누가 입부했으면 좋겠는데?

　◆아코 : 저라면 루시안을 빼앗아가지 않는 사람이요.

　◆슈바인 : 이 글러먹은 부부가…….

글러먹은 부부라니 실례네.

적어도 끼리끼리 부부라고 말해줘.

　◆세테 : 그것 말고는?

◆아코 : 글쎄요…… 저하고도 친하게 지내줄 수 있는 사람이 좋은데요.

◆애플리코트 : 그건 최저 라인 아닌가?

◆아코 : 그럼…….

아코는 으~음 하고 생각한 뒤ㅡ.

◆아코 : 이 게임을 좋아하지만, 저보다 게임을 못하는 사람……이려나요.

그런 소리를 했다.

아코보다 못하는 사람이라…… 어려운 조건이네.

◆세테 : 그건 없을지도 모르겠네.

◆아코 : 방금 있을 거라 믿으라고 했잖아요!

◆세테 : 농담이야ㅋ

아코가 원하는 인재는 알게 됐다. 아마 꽤 희귀하겠지.

◆루시안 : 그럼 슈는?

◆슈바인 : 그야 이 몸과 비슷할 정도로, 캐릭터를 만들어서 철저하게 롤 플레이 할 수 있는 녀석이지.

◆루시안 : 그런 녀석은 없어.

◆슈바인 : 농담이야 농담.

쓴웃음을 지은 슈는 다시 말했다.

◆슈바인 : 뭐, 평범하게, 내 후배로 있을 만한 외모를 가진, 롤 플레이에 흥미가 있는 아이려나.

거기서 또 말을 이었다.

◆슈바인 : 나머지는 뭐, 뜨겁고도 두터운 우정을 이해할 수 있는 아이라든가.

◆아코 : 남자끼리요?

◆슈바인 : 그렇게 굳이 한정할 생각은 없지만.

어째서인지 슈는 의기양양하게 말했다.

◆슈바인 : 그런 아이라면 환영해줄 수 있어.

◆루시안 : 그런 녀석은 없어.

◆슈바인 : 적어도 리액션을 바꾸란 말이야!

그치만 없잖아, 그런 녀석.

아니, 어쩌면 있을지도. 귀여운 숨은 오타쿠. 눈앞에 한 명 있으니까.

◆아코 : 마스터는 어떤가요? 이상적인 부원이 있나요?

◆애플리코트 : 물론, 나와 같은 레벨로 과금할 수 있는 인간이지만…… 아무리 그래도 존재하지는 않겠지.

◆루시안 : 그야 뭐…….

아무리 그래도 마스터처럼 터무니없는 액수를 쓰는 학생은 없을 거다.

◆애플리코트 : 나 정도라고는 말하지 않으마. 그래도 일정 수준의 과금 전사를 아군으로 삼고 싶다.

◆슈바인 : 불건전한 의견이네.

얼굴을 찡그린 슈에게 마스터가 불만스럽게 답했다.

◆애플리코트 : 어째서냐. 게임에 대한 열의를 과금액이라

는 수치로 표현하는 거다. 누구보다 게임에 진지한 건 우리 아니냐.

◆슈바인 : 열의를 돈으로 계산하는 게 납득이 안 간다고!

◆세테 : 진정해, 진정해ㅋ

아무튼, 마스터는 게임에 진지하고 모든 것을 쏟아 부을 수 있는 동료를 원하는 모양이다.

그럼 정리해보자.

◆세테 : 루시안과 아코에게 흑심이 없는 태클 역할이고, LA를 좋아하지만 아코보다 못하는, 롤 플레이에 흥미가 있고, 과금을 할 자금력이 있는, 평범하게 귀여운 아이가 있으면 입부를 바란다는 거네.

그렇게 되지.

그런 사람이 있다면 입부해도 상관없다고 생각한다.

분명 우리와 친해질 수 있을 테니까.

친해질 수 있겠지만…… 그래도 말이지…….

◆루시안 : 이런 애는 없겠지.

◆아코 : 없겠네요.

◆슈바인 : 존재하면 기적이야.

◆애플리코트 : 무리겠지.

이건 찾아봤자 소용없겠어.

역시 틀렸나~, 라고 말하려던 그때—

◆세테 : 하지만 개별적인 조건만이라면 찾을 수 있지 않을

까? 아코의 이상적인 아이라든가, 루시안의 이상적인 아이라든가.

　◆슈바인 : 그러네. 자기 조건만이라면 어딘가에 있을지도 몰라.

　확실히 각자의 조건만이라면 찾을 수 있을지도 모른다.

　나도 성실한 1학년이라면 그것만으로도 좋으니까.

　◆세테 : 그럼 알기 쉽네! 모두 자신의 이상적인 부원을 찾아오면 되는 거야!

　◆루시안 : 각자 나뉘어서 찾으라는 거야?

　이렇게나 조건이 다른 이상 전원이 함께 찾는 건 소용없으려나.

　악마 합체했다간 터무니없는 녀석이 나올 것 같다.

　◆슈바인 : 나도 그러는 편이 좋겠어. 너희들과 같이 부원을 찾았다가는 순식간에 내 신상이 들통날 거야.

　오타쿠 커밍아웃에 관해서는 슬슬 포기하는 게 어떨까.

　2학년이 됐으니, 타이밍도 좋지 않아?

　◆아코 : 저는 자신이 없어요…….

　아코는 불안한 듯이 지팡이를 흔들었다.

　◆슈바인 : 너도 2학년이니까 혼자서 노력할 수 있게 되어야지.

　◆아코 : 흐에에에에.

　히, 힘내! 아코.

내게 호의를 갖지 않는 상대라는 조건에 집착해서 남자 혐오증인 아이를 데려오거나 그러진 말아줘.

◆세테 : 그럼 그렇게 하는 걸로! 모두 힘내서 입부할 만한 아이를 찾자!

◆아코 : 우우우⋯⋯. 노력할게요.

◆슈바인 : 어쩔 수 없네. 그럴싸한 1학년을 찾아오겠어.

◆애플리코트 : 내 부장으로서의 실력을 발휘할 때로군.

의외로 전원이 부원을 찾을 마음이 든 모양이다.

모두가 하는데 나만 도망칠 수는 없겠지.

◆루시안 : 그럼, 1학년에다가 게임을 좋아할 만한 남자를 찾아올게.

◆세테 : 루시안도 의욕이 생겼네!

◆루시안 : 나는 조건이 느슨한 편이니까, 그런 생각을 갖고 찾아보면 어떻게든 될 거야.

요즘 온라인 게임은 그럭저럭 메이저한 취미다. 한 명 정도는 찾을 수 있겠지.

남자라도 문제없는 만큼, 내 쪽이 다른 멤버들보다 유리할 거다!

◆아코 : 어어, 『부원모집 경험자@1 기혼자 환영』⋯⋯.

◆루시안 : 그런 모집으로는 안 온다고~.

가장 고전할 것 같은 녀석이 여기에 있기도 하니까.

†††　†††　†††

다음날 아침.

오늘은 마에가사키 고등학교의 입학식이다.

"아, 오빠. 교복 이러면 돼? 이상하지 않아?"

거실에서 미즈키가 거울 앞에서 익숙하지 않은 교복과 격투를 벌이고 있었다.

그렇구나. 미즈키도 오늘부터 고등학생인가…….

"으음, 괜찮아 보이는데…… 아, 잠깐만."

동복에 달린 리본의 길이가 조금 틀어졌다.

가슴에 있는 리본을 풀고 다시 꽈악 맸다.

"응응. 이러면 됐어."

"고마워~."

미즈키는 한 발짝, 두 발짝 내게서 떨어지더니 그 자리에서 빙글 돌았다.

"어때? 어울려?"

"으음……."

미즈키가 조금 긴장된 표정으로 나를 올려다봤다.

새로운 교복을 입은 여동생은 가족이라는 것을 고려해도 꽤 귀엽다.

이러면 이상한 녀석이 꼬일지도 모르겠어.

같은 반 남자가 「우리 실은 부부야!」라고 끈질기게 달라붙는다든가.

―있을 법 해!

"미즈키."

"응?"

"이상한 녀석이랑 얽히면 오빠한테 말해라. 언제라도 도와줄 테니까."

나는 힘차게 말했다.

내가 생각해도 믿음직한 오빠로군! 이라고 생각했는데―.

"……그게 칭찬의 말이라고 이해할 수 있는 건 가족뿐이라고 생각해."

미즈키가 하아, 하고 한숨을 내쉬었다.

명백하게 실망한 분위기인데?

"걱정해주는데, 왜 그런 표정을 짓고 있냐."

"왠지 여동생 취급이구나~ 싶어서."

"여동생이 아니면 뭔데?"

"분위기가 바뀐 여동생한테 두근! 거릴 거라 생각했는걸."

"설령 미즈키가 세상에서 제일 귀여워지더라도 두근거리지는 않아."

세상에서 제일 귀엽다 해도 여동생이니까.

"에엑!"

"에엑이라니 뭐야? 에엑이라니."

여동생은 그런 법이잖아.

아무리 성장하더라도, 여동생은 여동생이야.

"애초에 오빠가 두근거리면 싫지 않냐?"

"오빠조차도 두근거리지 않는다는 게 더 곤란한걸."

"네 마음속 오빠의 평가를 조금 더 올려줘."

이래봬도 신부도 있다고.

"그럼 나는 간다."

"같이 안 가?"

"재학생은 1학년보다 등교가 빠르거든."

"알았어~."

미즈키와 함께 등교했다가 중간에 아코와 만나면 무서우니까.

아, 말하는 걸 잊었다.

거실을 나서기 전에 잠깐 돌아서서 여동생에게 말을 걸었다.

"미즈키."

"응?"

"입학 축하한다."

"……고마워."

미즈키는 조금 쑥스러운 표정으로 말한 뒤—.

"마에가사키 고등학교에 어서 와, 같은 건 없어?"

"그건 잠시 뒤에 내 자랑스러운 선배가 해줄 테니까, 기대하고 있으라고."

"알았어~."

웃으면서 휙휙 손을 내젓는 미즈키를 뒤로하고 학교로 향했다.

여동생의 멋진 무대, 똑똑히 봐줘야겠지.

─미안. 미즈키.

신입생이 입장하는 모습을 확실히 보고 있었지만, 네가 어디 있는지는 모르겠어…….

한심한 오빠 같아서 시무룩해진 상태로 입학식 진행을 바라봤다.

『다음으로 학생회장의 인사입니다.』

방송부의 안내음성이 흐르고, 이름이 불린 학생회장─마스터가 긴 머리를 휘날리며 단상에 올랐다.

"……1학년 제군. 입학을 축하합니다."

목소리가 들린 순간, 체육관의 분위기가 팽팽하게 조여졌다.

우리 사이에서는 카리스마(웃음) 같은 식으로 불리기도 하지만, 이럴 때의 마스터가 내뿜는 오라는 진짜다.

친구가 있지도 않은데 2년이나 연속으로 학생회장을 맡게 된 이유 중 하나가 이 압도적인 존재감이다.

첫 한 마디로 확실히 이 사람이 회장이라는 것을 깨닫게 만드는 힘이 있다.

"오늘부터 여러분은 이 마에가사키 고등학교의 학생이 됩니다. 우리 3학년이 입학한 것은 2년 전의 일이었습니다. 이

때 박수를 보내주신 당시의 선배님들, 함께 입학한 동급생, 그리고 지금은 2학년이 된 후배. 그들과 함께 배우고, 함께 보낸 2년간은—."

마스터의 인사를 모두가 진지하게 들었다.

하지만 뭐, 곤란하게도 내 쪽에서는 이제 익숙한 목소리란 말이지.

다른 사람과 달리 긴장은커녕 오히려 침착해질 정도다.

멍하니 목소리를 들으면서 마스터 쪽을 바라보는 것 말고는 할 일이 없다.

……오, 마스터가 이쪽을 봤네.

—라고 생각한 순간.

"윽!"

어라?

지금까지 물 흐르듯이 말을 이어가던 마스터가 움찔 말을 멈췄다.

왜 저러지?

"여러분의 보다 나은 학창생활을 위해, 우리 재학생 일동은 노력을 아끼지 않겠습니다. 물론 그것은 학생에 한해서가 아니라, 교직원 여러분, 또한 OB, OG 여러분, 여기에 모여주신 가족 여러분에 이르기까지—."

인사가 그대로 이어졌다.

뭐지? 평소에는 저런 실수를 하지 않는 사람인데.

그러고 보니 아코도 긴장하지 않고 듣고 있네.

슬쩍 근처 자리에 앉은 아코를 봤는데—.

"··········(여기서 개그를!)"

여기서 개그를! 자, 개그를! 자! 어서! 라는 표정을 짓고 있었다.

이, 이래서였나아아아!

아니아니아니, 아코 너! 그만둬!

저기 봐, 마스터가 이쪽을 볼 때마다, 어? 개그를 해야 해? 진짜로? 같은 표정을 짓고 있잖아!

안 돼, 그 얼굴은 그만둬! 그 「에이, 마지막까지 개그 안하는 건가요?」 같은 표정, 그만두라고!

"그, 그럼. 마지막으로 시 한 수를—. 마에가사키, 봄철의 꽃봉오리와 젊은이들이 꽃피우는 계절에, 꿈도 활짝 피노라 — 입학, 축하합니다!"

아아아아아아, 마스터가 개그를 해버렸잖아!

"그런 짓은 그만두란 말이야!"

"그치만 마스터가 진지한 말밖에 안 하잖아요."

입학식 뒤.

마찬가지로 아코의 얼굴을 눈치챘던 세가와가 제대로 설교를 했다.

"왜 인사 마지막에 시 한 수를 읊은 거냐고. 그런 캐릭터

가 아니잖아."

"재미있었네요!"

확실히 웃기긴 했지만!

입학식은 그런 자리가 아니거든?!

"갑자기 왜 저러나 했는데, 그런 이유였구나."

아키야마가 쓴웃음을 짓다가 문득 고개를 갸웃했다.

"근데,『여기서 개그를』이라니 무슨 표정이야?"

"어어…… 이런 느낌이에요."

아코가「에이, 그것뿐? 아직 할 수 있죠?」같은 느낌의 표정을 아키야마에게 보여줬다.

"아아아아 조금 알겠어어어어!"

"나나코도 물들어버렸네……."

"나도 이런 표정을 보면 개그를 할지도 몰라."

표정으로 의사소통이 되는 것도 장단점이 있구나.

"자~ 다들 조용히~."

떠들썩한 교실에 사이토 선생님이 들어왔다.

고양이공주 상태가 아니라, 착실한 선생님이다.

"다들 2학년이니까 선배로서 부끄럽지 않도록 보내야겠지?"

네~, 라는 가벼운 대답이 모였다.

여기서 학생들에게서 대답이 나오는 것이 선생님의 강점이라 생각한다.

평범한 선생님이 상대라면 무시했겠지만, 고양이공주 씨는 친근감이 있으니까 왠지 모르게 대답을 해버린단 말이지.

"그럼 HR를 시작할게. 새 학기, 새 학년, 새로운 반이니 일단 학급위원을 정하도록 하자."

스윽스윽 칠판에 적히는 학급위원이라는 글자.

하긴, 그런 게 있었지.

1학년 때는 문화위원이라는 수수께끼의 위원이어서, 한 학기에 한 번 교내 청소에 참가하기만 하고 끝났지만.

"반장만 정해놓으면, 나머지는 맡겨도 되겠네."

반장, 부반장이라 적고는—

"남녀 한 명씩이야. 하고 싶은 사람? 자, 거수!"

선생님이 웃으며 말했지만, 반장은 조금 싫은데.

역시나 아무도 손을 들지 않았다.

그때, 뒤쪽 대각선에서 아키야마가 속삭였다.

"저기, 니시무라. 같이 하자."

"싫거든. 귀찮아. 그보다 왜 나야?"

"남자도 알고 있는 사람인 편이 같이 하기 쉽잖아."

"좀 봐줘."

아키야마와 사이좋게 손을 들었다가는 다른 남자들이 엄청 질투할 거라고.

"사이좋게 반장이라니 용납 못해요오오오!"

그리고 우리 신부가 화를 내거든.

속닥속닥 대화를 나누던 그때―.

"아, 루시안. 해줄래?"

타깃 발견! 이라는 듯이 선생님이 말을 걸어왔다.

"안 해요."

"에이~."

선생님이 뽀로통하고 불만스럽게 이쪽을 바라봤다.

아니, 태연하게 말하시는데요, 루시안이라니, 당신…….

"아무도 없니? 자기 추천이든 타인 추천이든 상관없는데? 아, 떠넘기는 건 안 돼."

그때 앞쪽에 앉아있던 반 아이가 슬쩍 중얼거렸다.

"루시안?"

"어?"

교실의 절반 정도에서 흐르는 「루시안이 뭐야?」라는 분위기를 깨달은 고양이공주 씨.

"……앗!"

저, 저질렀다냐아아아! 라는 얼굴로 굳어졌다.

아아, 정말……. 스멀스멀 교실에 웃음소리가 퍼지잖아!

"미, 미안해. 그래, 저기, 루시안 군!"

"군을 붙이니 마니 하는 문제가 아니거든요?!"

내가 지적한 순간, 대다수가 웃음을 터뜨렸다.

"어, 어어, 그래, 반장은 생각처럼 일이 많지 않거든! 다들 거수해줘, 거수!"

수습을 포기한 선생님이 억지로 이야기를 진행시키기 시작했다.

아코가 루시안 루시안 거리는 탓에 절반 정도는 알려져 있으니 딱히 상관없지만! 딱히 숨은 오타쿠도 아니지만!

그 후에 손을 든 아키야마와 타인 추천을 받고 할 마음이 든 것 같은 남자 한 명이 반장, 부반장이 되어 HR이 진행됐다.

나는 수수하게 도서위원, 아코도 수수하게 보건위원으로 정해졌다.

HR 종료 후, 선생님이 다가와서 양손을 짝 마주치며 말했다.

"미, 미안해. 니시무라."

"루시안이라고 하지 않으시네요?"

"미안하다냐아아아."

냐아아~ 라고 하면 안 되거든요?! 여기 학교라고요!

"새 학년 2일차부터 터져버렸네요……."

"이, 일부러 그런 게 아니거든? 한동안 게임 안에서밖에 만나지 못했잖니. 그렇지?"

"이제 선생님이 아코에게 침식된 거 아닌가요?"

"제 덕분인가요!"

"아, 아니거든?!"

선생님은 고개를 붕붕 내저었다.

"그보다 두 사람, 부활동에 대해서인데…… 신입부원, 찾을 거니?"

선생님이 우리의 얼굴을 교대로 보며 불안한 듯이 물었다.

아아, 그 이야기가 나왔네.

"찾을 수 있을지는 몰라도, 열심히 찾아보려고요."

"이상적인 부원을 찾아내겠어요!"

입을 모아 말하자, 고양이공주 씨는 신기한 듯 어리둥절한 표정을 지었다.

"어머, 그러니?"

"왜 의외라는 표정인가요?"

"그그그그렇지 않아!"

명백하게 거짓말 같은 모습으로 말한 선생님은 얼버무리듯이 웃었다.

"제대로 찾는다면 괜찮아. 열심히 하렴."

"네……."

"네~."

그럼 나중에 보자, 라며 우리에게 등을 돌린 선생님은 교실을 나갔다.

그 와중에 살며시—.

"……이상하다냐아."

그렇게 중얼거리는 소리가 들린 것 같았다.

평범한 고등학생답게 노력한다고 했는데, 뭐가 그리 이상한 걸까?

이후에는 학급위원의 회의밖에 없지만, 일단 점심시간은 있다.

새 학년 첫 점심시간. 이건 중요한 이벤트다.

여기서 어떻게 보내는가에 따라 1년 동안 같이 점심 먹는 그룹이 정해진다고 말해도 좋다.

일단 변소밥#2은 피하도록 해야지! 이것만큼은 솔로 플레이 거부다!

"루시안, 밥 먹어요!"

"……너는 그런 생각을 전혀 고려하지 않는구나."

"네?"

아코는 의아한 듯이 말하고는 가방에서 빵을 꺼냈다.

오늘은 아코가 도시락을 만들어오지 않은 날이다.

아니, 자기 몫을 만들 때 내 몫까지 만들어주는 것만으로도 고마운 일이고, 불만은 없어.

만드는지 안 만드는지 확실하지 않은 부분이 참으로 아코 답기도 하고.

"아무튼, 당연한 듯이 나와 먹으려고 하는 거, 그만두자."

"혼자서 먹으라고 하는 건가요?!"

#2 변소밥(便所飯) 혼자 밥을 먹고 있는 모습을 남에게 보여주고 싶지 않아 화장실에서 혼자서 식사를 하는 사회현상으로 인해 생긴 일본의 신조어.

"저기에 친구 있잖아!"

저기 아키야마하고 세가와가 이리 오라는 표정을 짓고 있잖아!

"아코! 이리 와~."

직접 말로도 하고!

"그, 그런 짓을 했다가는 루시안이 혼자가 되어버리잖아요!"

"그런 배려는 필요 없어!"

첫날부터 여자랑 둘이서 점심식사 같은 짓을 저지르면 그 이후가 곤란하다고!

"세가와, 패스!"

"그래그래."

등을 슬쩍 눌러주자 아코의 가벼운 몸이 간단히 밀렸다.

세가와가 밀려간 아코를 받아줬다.

"자, 너는 여기야."

그리고 슬그머니 비어있는 자리에 앉혔다.

수완이 좋네요. 세가와 씨.

하지만 자리에 앉은 아코는 주변에 앉은 여자들을 돌아보고는—.

"모, 몬스터 하우스에요!"

"이상한 말 하지 말고."

세가와가 새파래졌다.

그때 아키야마가 손가락을 척 세우고는 입을 열었다.

"테케테케텟♪"

"그건 특수 하우스에요."[#3]

"어, 그래?"

"……테케? 뭐야, 그게?"

"으으응. 아무것도 아니야."

"왜 던…… 끅."

의아해하는 여자와, 엄청 끼어들고 싶어! 라는 표정의 세 가와를 무시한 아키야마가 도시락을 열었다.

"아코는 빵이야? 반찬 필요해?"

"필요해요!"

"너는 요리할 수 있으니까 만들어 오라고……."

저쪽은 맡겨놓아도 괜찮을 것 같군.

힘내라 아코, 여자들에게 익숙해지는 거야.

이제 나도 누군가와 먹어야겠지.

가장 가까이에 모여 있던 타카사키가 있는 그룹에 의자를 끌었다.

"어~이, 나도 끼워줘~."

"우리는 됐으니까 타마키랑 둘이서 먹으라고."

타카사키가 원망스러운 듯이 말했다.

"뭐야, 타카사키. 작년에도 같이 먹었잖아. 배신하지 말라

#3 특수 하우스 게임 『풍래의 시렌』시리즈에서는 방 안에 몬스터가 잔뜩 깔려있는 곳을 몬스터 하우스라고 하는데, 그 중에서도 특수한 종류의 하우스를 BGM에서 소리를 따와서 테케테케텟이라 표현하기도 한다.

고~."

"배신자는 너잖아아아아아."

"자키는 카오랑 화해하면 되잖아."

"그러게. 또 같은 반이고."

"무리라고 했잖아!"

이쪽은 이쪽대로 어떻게든 됐다.

솔직히 주변 시선을 무시하고 아코와 둘이서 먹는 쪽이 편하고 즐거울지도 모른다.

하지만 그렇게 하지 않고 아코가 주변에 익숙해지도록, 친구가 생기도록 고려하는 이유는— 현실과 게임은 다르다, 부부가 아니다, 라고 내가 주장하고 있기 때문이다.

부부는 아니지만, 동료니까.

나와 둘뿐인 세계에 갇혀있는 게 아니라, 좀 더 여러 가지 것들을 봐줬으면 좋겠다.

응. 나, 좋은 말을 했구나!

"그렇군요. 도시락을 만들어오면 루시안과 함께 점심을 먹을 수 있겠네요!"

"거기, 이상한 소리 불어넣지 마!"

그렇게 반사적으로 말한 순간, 양쪽 그룹이 웃음에 휩싸였다.

제길. 남을 대화 소재로 삼기는.

얼굴을 맞대고 학급위원의 일은 이거에요~ 라고 설명하는 정도의 회의가 끝나고, 교실로 돌아가면 이제 끝이다.

"서둘러! 1학년 나온다고!"

"알고 있다니까. 바로 갈아입을게!"

마스터가 바쁘니까 부활동도 없고, 슬슬 돌아갈까 생각했는데, 교실 여기저기에서 허둥대는 소리가 들려왔다.

왠지 많은 학생들이 짐을 들고 뛰쳐나간 데다, 부활동 유니폼을 입은 학생들이 복도를 오가고 있었다.

"다들 뭐하는 거지?"

"권유야."

육상부 유니폼을 든 타카사키가 말했다.

"부원을 모으지 않으면 선배들이 무섭다고. 오늘부터 전단지 돌려야 돼!"

"흐음, 열심히 하네."

"제물이 없으면, 계속 우리가 잡일 담당이거든."

"말은 골라서 하자."

"기다려라, 새로운 희생자들!"

그리고 복도에서 달리지 마.

달려가는 타카사키를 배웅하고 으~음 하고 고민했다.

내일 오후에는 부활동 소개라는, 각 부활동이 신입생에게 활동내용을 설명하고 부원 모집 어필을 하는 이벤트가 있다.

그래서 부원 모집은 내일부터일 거라고 생각했는데, 다들 벌써 움직이고 있는 거구나.

"잠깐 보러 가볼까."

"그래야겠네요."

"……은근슬쩍 대화에 끼어들었네. 아코."

빙글 돌아보자―.

"으응?"

뭔가 이상한가요? 라는 표정을 짓는 아코가 있었다.

내 뒤에 쭉 있었던 건가? 슬슬 익숙해져야 하는 건가.

"육상부! 작년에는 현 대회에서 입상했습니다! 전국을 노리시지 않겠습니까!"

"조리부는 권유 기간 중에 매일 체험 요리 교실을 하고 있습니다~! 남자도 대환영입니다~! 가정적인 남자에 도전 어떠세요~?"

아코를 데리고 현관 밖으로 나오자, 이런저런 차림을 한 부원들이 전단지를 돌리거나, 1학년에게 말을 걸면서 열띤 권유 활동을 벌이고 있었다.

운동부는 유니폼이고, 문화부도 나름대로 의상을 차려입고 어필에 여념이 없다.

다도부는 기모노를 입고 있고, 조리부는 에이프런, 과학부는 백의, 연극부로 보이는 공주님과 왕자님도 있다.

"우리가 하면 뭘 입을까?"

"니코니코 동화의 그거 아닐까요?"

"테레비짱인가."[#4]

완전히 인형옷이잖아.

하지만 그 정도의 임팩트를 주지 않으면 이 권유 대전에서 살아남을 수 없을 것 같았다.

부원을 찾는 상급생들은 다들 진심어린 눈이었다.

1학년이 무서워하며 교문에서 도망칠 정도의 레벨이었다.

"……흠. 그렇구나."

옆에서 익숙한 목소리가 들렸다.

고개를 돌리자 팔짱을 낀 세가와가 권유 대전의 모습을 바라보면서 고개를 끄덕이고 있었다.

"뭐가 그렇다는 건가요?"

"역시 권유의 기본은, 직접 어필이라는 소리야."

"하지만 너, 이런저런 사정으로 직접 권유는 못하잖아?"

주로 오타쿠 커밍아웃 위기가 있다는 부분에서 말이지.

그러나 세가와는 씨익 웃었다.

"수단은 있어. 이것저것 여러 가지."

그리고는 머리카락을 땋아서 올린 다도부원을 보고 그렇게 말했다.

††† ††† †††

#4 테레비짱 웹사이트 「니코니코 동화」의 마스코트.

그날 밤, 항상 만나는 장소.

◆세테 : 다들 부원 모집 제대로 생각해 놨어?

◆슈바인 : 그럭저럭 생각해 놨지. 이 몸에게 맡겨두라고.

◆애플리코트 : 호오, 자신감이 넘쳐 보이는군. 하지만 나도 바로 지금, 부활동 권유 원고를 완성했다. 혼신의 작품이지.

◆슈바인 : 뭘 모르시네. 권유란 한 명 한 명에게 각각 적절한 대응을 해야 하는 거라고. 누구에게나 통하는 어중간한 연설보다 한 명의 가슴에 와 닿는 날카로운 한 마디로 승부하는 거야.

◆루시안 : 열심히 하는 구나, 너희들.

다른 부가 움직이는 것과 마찬가지로, 마스터와 세가와도 준비를 하고 있었던 모양이다.

◆아코 : 우우, 저는 아직 아무것도 못 했어요…….

◆루시안 : 나도 그래.

◆슈바인 : 여유로운데? 루시안.

◆루시안 : 나는 너희와 달리 남자라도 괜찮으니까.

◆슈바인 : 훗, 이 몸이 10명, 20명의 미소녀를 데려온 뒤라면, 남자 따위는 쫄서 아무도 안 오지 않을까?

◆루시안 : 대체 얼마나 자신감이 넘치는 건데.

뭔가 떠올렸는지 슈는 묘하게 자신만만했다.

마스터도 부활동 소개에 전력을 다할 생각인 모양이

고…… 나와 아코는 조금 뒤쳐졌나.

◆아코 : 왠지 평소에는 하루하루가 즐거워서, 긴장을 풀면 권유에 대해서 잊어버린다니까요.

◆루시안 : 잘 알지, 잘 알아.

아코가 반에 있으니까 평일이 매일 즐겁다.

◆슈바인 : 나 참, 이 몸은 태클을 참는 것만으로도 필사적이란 말이야.

어이, 세가와와 슈바인의 말투가 섞이고 있잖아.

◆루시안 : 차라리 태클을 걸라고. 편해질 거야.

◆아코 : 슈가 말해줄 거라 생각해서 잠시 기다릴 정도인데요.

◆슈바인 : 그 타이밍에서 살짝 허리를 숙이고 마니까 그만두라고.

이제 아슬아슬하지 않아? 포기하면 편해진다고.

이런 대화를 나누고 있는데, 화면 구석에 비치던 찻집 문이 끼익 열렸다.

◆슈슈 : 아, 있다 있다. 오빠.

몽크용 의상을 입은 슈슈가 워프 포인트를 통해 들어왔다.

슈슈라기보다는, 여동생 미즈키지만.

조금 전까지 같이 저녁을 먹었는데, 무슨 일이지?

◆루시안 : 왜 그래? 무슨 일 있어?

◆슈슈 : 엄마가 내일은 집에서 일찍 나간대. 밥은 만들어 놓을 테니까 먹고 가라고 하셨어.

◆루시안 : ㅇㅋㅇㅋ

우리 집은 부모님이 두 분 다 꽤나 바쁘단 말이지.

아침부터 나와 여동생만 있는 것도 드물지 않지만, 그보다—.

◆루시안 : 근데 왜 게임 속에서 말하러 온 건데? 직접 말하면 되잖아.

◆슈슈 : 아침에 말하면 되려나~ 싶긴 했는데, 마침 근처에 와 있어서.

◆루시안 : 왠지 현실 같은 말투네.

우연히 근처에 볼일이 있었으니까 들렀습니다, 같은 느낌이었다.

◆애플리코트 : 으음. 그야말로 남매의 대화로군. 외동딸인 나로서는 부러운 이야기야.

◆슈바인 : 이 몸의 집에서는 조금 더 살벌한 대화가 많다고.

거짓말 하지 마. 완전 사이좋잖아.

오빠의 영향으로 오타쿠 콘텐츠에 빠지기 시작한 주제에.

◆아코 : 우우우…… 집에서 직접 말하면 되는데, 일부러 게임 속에서 이야기하는 건 현실 부부에게 자주 있는 일인데…… 여동생에게 추월당하다니…….

아코가 감정표현으로 눈물을 줄줄 흘리며 말했다.

◆루시안 : 평범한 대화에 뭘 그리 질투하는 거야.

◆아코 : 빨리 같이 살고 싶네요. 루시안.

◆루시안 : 소망의 레벨이 너무 높아서 무리인데.

이 녀석, 동거를 제안하기 시작했어.

◆애플리코트 : 음. 그리고 보니.

마스터가 의자에서 일어나 양손으로 두두~웅, 하고 커다란 크래커가 울리는 감정표현을 냈다.

◆애플리코트 : 슈슈는 우리 마에가사키 고등학교에 입학했었지? 늦었지만 입학 축하한다. 환영하마.

◆슈바인 : 오우, 축하한다.

◆세테 : 입학식, 귀여웠어~.

◆슈슈 : 고, 고맙습니다.

슈슈가 꾸벅꾸벅 고개를 숙였다. 그리고 보니 여기 있는 사람들, 전원 선배구나.

다들 축하해주는 건 좋지만…… 여기, 게임 속이거든?

◆루시안 : 캐릭터명으로 말하고 있는데, 내용물이 누구인지 알아?

◆슈슈 : 대충은 아는데? 아코 언니는 알고 있고, 회장님하고 아키야마 선배는 말투로 알 수 있고…….

그렇게 말을 하던 슈슈가 잠시 뜸을 들인 뒤, 슈를 조금 곤란한 얼굴로 바라봤다.

◆슈슈 : 소거법으로, 슈바인 씨가 세가와 언니……?

◆슈바인 : 이것이 롤 플레이의 숙명이라고는 해도, 소거법이라고 하니까 조금 울적해지네…….

◆루시안 : 보통은 모른다는 뜻이니까! 오히려 칭찬해준 거야, 기운 내!

그러니까 그렇게 죽을 것 같은 표정 짓지 말라고!

현실의 너와 슈바인 님은 연결이 안 된다니까!

◆애플리코트 : 그저 입으로 축하하면서 끝내는 것도 시시하군. 기왕이니 선배로서 슈슈를 던전으로 데려가도록 할까.

◆아코 : 어디로 갈 건가요?

◆애플리코트 : 봄의 계절 이벤트로 아마즈 신사의 천년 벚나무가 인스턴스 던전이 되었다. 역시 신입생을 축하하려면 벚꽃이겠지?

◆슈바인 : 지금은 한정 드롭 아이템으로 MP를 회복하는 벚꽃떡이 나온다고 했던가?

◆슈슈 : 벚꽃떡 갖고 싶어요!

벚꽃떡이라는 말을 듣고 슈슈가 갑자기 의욕을 냈다.

MP 회복 아이템에 민감하게 반응하는 것은 대부분 솔로 플레이어다.

솔로라면 회복도 공격도 전부 혼자서 해야 하니까 회복 아이템에 의존하는 경우가 늘어난다. 특히 MP 회복 아이템은 귀중하니까.

슈슈는 아직 길드에도 들어가지 않았고…… 게임 안에서는 외톨이인 거냐, 여동생아.

◆루시안 : 그래그래. 오빠가 던전에 데려가줄 테니까, 기

운 내.

◆슈슈 : 뭔지 모를 이유로 멋대로 위로하지 말아줘.

◆아코 : 저도 위로해주세요!

◆세테 : 아코, 루시안에 대해서라면 뭐든지 달려드네.

이러쿵저러쿵 떠들면서 그 자리에 있는 전원이 함께 파티를 맺었다.

나, 아코, 슈, 마스터, 세테 씨, 슈슈. 이렇게 6인 파티다.

아코의 포탈로 아마즈 신사까지 날아가서 찾아간 곳은 거대한 천년 벚나무.

농담처럼 거대한 벚꽃이 흩날리고, 그 줄기 한가운데에 던전으로 가는 입구가 있었다.

◆루시안 : 그럼 들어가자~, 준비는 됐어?

◆슈바인 : 여기 몹은 거의 무속성이잖아. 준비고 뭐고 필요 없어.

◆아코 : 그렇죠!

◆루시안 : 나는 여기서 반짝반짝 지팡이를 들고 있는 아코에게 말하고 있는 건데.

여느 때처럼 반짝☆거리는 지팡이를 들고 있는 아코에게 말하자, 웃으며 대답해왔다.

◆아코 : 위험해지면 자애로 바꿔 들게요.

◆루시안 : 이상한 부분에서 요령이 좋아지지 말라고! 처음부터 자애를 들란 말이야!

이 녀석, 쓸데없는 성장을 보이고 있잖아!

◆슈슈 : 자, 자~. 진정해~.

◆세테 : 그렇게 난이도가 높지는 않잖아? 평소대로 하면 괜찮아.

◆루시안 : 나 참. 어쩔 수 없네.

그럼 가볼까, 하고 던전 입구를 클릭.

이걸로 파티 전원이 던전 안으로 입장— 할 수 있다고 생각했는데…….

▶이 던전은 8인 이상의 파티만 입장이 가능합니다.◀

——.

에러 메시지가 표시되고, 입장이 거부됐다.

이게 대체 어떻게 된 일이야?!

◆루시안 : ……유감. 외톨이 금지 던전이었습니다.

◆아코 : 친구가 적은 플레이어에게는 가혹한 이벤트네요.

◆슈바인 : 이 망할 운영진, 진짜 웃기지 말라고. 몇 명이서 들어가든 우리 맘이잖아!

◆애플리코트 : 역시 대규모 파티는 8인 편성부터다. 어쩔 수 없지.

◆슈슈 : 그런가?

◆루시안 : 뭐, 그렇지.

보통은 발렌티누스 때처럼 4인 파티가 지정되는 경우가 많다.

하지만 그와 비슷한 정도로 8인 파티나, 그 이상의 인원을 필요로 하는 경우가 있다.

소인원 파티라면 필연적으로 알기 쉬운 역할이 요구된다. 탱커, 힐러, 딜러, 딜러, 다른 건 필요 없음! 같은 식으로.

지원 특화인 버퍼나 방해 특화의 디버퍼, 크라우드 컨트롤[5], 만능형의 몽크나 서머너가 들어갈 여유가 없고, 파티에 자유도가 낮아지게 된다.

그래서 계절 한정 던전이나 고난이도의 엔드 콘텐츠는 여러 사람이 들어갈 수 있도록 직업이나 인원, 편성을 지정하기도 한다.

◆루시안 : 탱커가 둘에 힐러가 둘, 자유 편성 네 명이 가장 기본적인 파티 편성이야. 여기서도 그런 편성으로 들어가라고 하는 거겠지.

◆슈슈 : 그대로 하지 않으면 못 싸워?

◆루시안 : 탱커가 한 명, 힐러 한 명이라도 괜찮아. 그 대신 디버프나 CC로 탱커의 보조를 하거나, 만능형으로 힐러의 부담을 줄여주거나, 여러 수단을 써야 하지.

레전더리 에이지는 캐릭터 메이킹의 자유도가 높다. 어느 정도 인원이 있다면 스킬과 스탯 투자, 장비에 따라 어떤 편성으로도 싸울 수 있다.

#5 크라우드 컨트롤(Crowd control) 게임 용어. 게임에서 상대방을 자신이 원하는 대로 움직이기 어려운 상태로 만드는 효과나 기술을 뜻한다. 약자로 CC라고 쓰며, 우리말로는 「CC기술」 혹은 「군중제어기술」, 「군중제어장치」라고 부른다.

하지만 소인원으로 무모한 편성을 하면 역시 클리어하지 못할 수도 있다.

◆세테 : 모두가 참가해서 모두가 클리어할 수 있도록 해둔 배려라는 거네.

◆아코 : 인원이 있으면 그래도 상관없지만요…….

◆슈바인 : 우리는 길원을 모두 모아도 여섯 명밖에 없으니까.

여기에 고양이공주 씨가 있더라도 일곱 명이다. 결국 8인 파티는 만들 수 없다.

◆슈슈 : 그럼 여기는 못 가겠네.

◆애플리코트 : 아쉽군…… 벚꽃이 흩날리는 아름다운 던전이라고 들었다만.

마스터가 어깨를 떨구며 던전 입구를 원망스럽게 바라봤다.

◆슈바인 : 봄 이벤이 끝나기 전에 사람을 모아서 가자고.

◆세테 : 그러자.

그럼 일단 돌아갈까, 라고 채팅을 치면서 문득 생각했다.

◆루시안 : 슈슈, 길드 들지 않았으면 여기 들어올래? 꽤 편한데.

길드 표시가 없는 여동생에게 말을 걸자, 슈슈는 가볍게 고개를 내저었다.

◆슈슈 : 아냐. 그만둘래.

어라? 간단히 거절하네.

◆슈슈 : 자주 플레이하는 게 아니니까, 길드 같은 데 들어가면 큰일이잖아.

◆루시안 : 그런가, 오케이.

확실히 미즈키는 나처럼 하드 게이머가 아니니까.

게다가 남매가 같은 길드에 있는 것도 미묘한가?

◆슈슈 : 그보다 오빠네 길드, 멤버 모집 같은 거 하고 있었구나.

왠지 의외라는 말이 날아왔다.

◆루시안 : 실례네. 요 1년 사이 두 명이나 늘었다고.

◆슈슈 : 두 명뿐이구나…….

고양이공주 씨와 세테 씨다.

인원은 적지만, 질은 대단하다고.

고양이공주 씨는 숨은 폐인이고, 세테 씨는 센스만이라면 누구에게도 지지 않으니까.

즉시전력과 장래가 유망한, 굉장한 두 사람이다.

◆애플리코트 : 새로운 멤버를 길드에 넣은 적도 몇 번 있다.

◆슈슈 : 그래요?

응. 그랬다.

들어오고 싶다고 했던 사람이나, 곤란해 하는 초보자 등을 권유해서 넣은 적이 몇 번 있었다.

◆슈바인 : 하지만 어째서인지 잘 어울리지 못하고 다들 나가버리더라니까.

◆루시안 : 아니면 분쟁을 일으켜서 마스터가 추방하거나 그랬지.

평범한 사람이라면 환영하는데 말이지.

모두와 잘 지내고, 문제를 일으키지 않는, 그런 평범한 사람이라면……

◆슈슈 : 그랬구나. 틀림없이 아무도 들이지 않는 길드라고 생각했어.

◆애플리코트 : 무슨 소리냐. 우리 길드는 모든 길원에게 길드에 초대하는 권한을 주고 있다. 매우 개방된 길드지.

앨리 캣츠는 길드 멤버라면 누구라도 길드에 사람을 초대할 권리를 가진, 상당히 제한이 느슨한 설정을 갖고 있다.

추방 권한은 길드 마스터밖에 갖고 있지 않지만, 길드에서 추방하는 경우는 어지간한 사건이 아니면 하지 않는다. 그래서 길드에 들어갈 때 면접이나 대면을 하는 길드도 꽤 많다.

그러므로 누구라도 초대권한이 있다는 소리는 꽤나 자유로운 길드라는 뜻이다.

길원을 늘릴 생각은 있지만, 이러쿵저러쿵 하다가 친한 사람들끼리 운영하는 그런 길드다.

◆세테 : 하지만 부원은 늘리면서도 길드 멤버는 늘리지 않다니, 이상하네.

◆슈슈 : 부원?

◆루시안 : 현대통신전자 유희부 부원. 지금 찾고 있거든.

◆슈슈 : 아, 게임하는 부활동?

◆세테 : 응응.

◆아코 : 떠올리게 하지 말아주세요오.

잊어버려도 현실에서는 도망칠 수 없다고.

부원, 열심히 찾아야지.

◆애플리코트 : 맡겨둬라. 내일을 대비한 준비는 만전이다.

◆슈슈 : 내일 뭔가 있나요?

◆애플리코트 : 내일은 신입생을 위한 부활동 소개가 있다. 단상에 선 나를 똑똑히 보도록 해라.

마스터가 훗훗훗 하는 수상한 미소를 지었다.

마스터는 의욕이 넘치지만…… 부활동 소개, 혼자서 괜찮을까?

아무튼 여기서 개그를! 같은 짓은 하지 말도록 하자.

††† ††† †††

"—그렇다. 나는 예전부터 의문을 갖고 있었다. 열의 있는 자, 진지한 자, 한결같은 자를 『촌스럽다』고 얕잡아보는 최근의 풍조에 대해서."

마이크를 쥔 마스터는 냉정한 어조로 말했다.

"물론 지금의 풍조가 받아들여지고 있다는 것은, 많은 이들이 같은 감상을 갖고 있기 때문이겠지. 그걸 부정할 생각은 없다."

그러나, 라며 잠시 말을 끊고―.

"나와 마찬가지로, 그건 틀렸다고, 정열이야말로 존귀한 것이라고 생각하는 이도 있을 것이다."

마스터가 단상에서 천천히 우리를 둘러봤다.

"귀중한 젊은 시간을 사용해서, 사재(私財)를 투자하고, 동료를 위해 전력을 다하는 것은 존귀하다고, 그렇게 생각하는 이들이, 이 중에 한 명도 없는 것인가?"

마스터는 깊게 숨을 들이쉰 뒤―.

"나는, 그렇게 생각하지 않는다!"

강하게 단언했다.

"누가 조소하든, 자신이 믿는 길을 관철하고, 부단한 노력을 이어간다! 나는 그런 열의를 가진 인재를 원하고 있다! 나야말로, 라고 생각하는 이는 내 곁으로 모여라!"

그리고 문득 부드러운 미소를 지었다.

"위를 바라보는 인간을, 나는 언제라도 환영하마!"

이야기를 마친 마스터는 마이크를 놓고 바람처럼 단상을 내려갔다.

『감사합니다. 다음으로 원예부의 부활동 소개입니다.』

방송부의 안내음성이 흘렀다.

오늘은 부활동 소개하는 날.

마스터의 뜨거운 연설이 막 끝난 무렵이었다.

"⋯⋯이 모집으로 누가 오긴 할까요?"

"몰라."

열의라든가, 정열이라든가, 그런 것과는 인연이 없는 아코가 미묘한 표정으로 물었다.

그에 대해서는 나도 동감이지만, 마스터가 원하는 인재란 저 연설이 확 와 닿는 사람이겠지.

똑똑히 보도록 해라, 라는 말을 들었던 미즈키는 뭐라 생각하고 있을까? 그 녀석도 나랑 비슷하게 열의나 의욕과는 거리가 먼 성격인데⋯⋯.

"학생회, 대단하네."

"가볍게 들어갈 느낌이 아니네."

"⋯⋯어라? 지금 학생회 소개였나? 어쩌고 유희부라고 하지 않았어?"

"학생회겠지. 회장이 저렇게 뜨겁게 말하고 있는데."

"하긴."

어, 어라? 뭔가 착각하고 있어?

학생회장으로 얼굴이 알려진 마스터가 열변을 토했으니, 안내음성이 잘못됐고, 실은 학생회 모집이라고 착각하는 사람이 있는 모양이다.

마스터, 저렇게나 열심히 했는데⋯⋯ 이거⋯⋯ 딱하게도⋯⋯.

오후의 부활동 모집이 끝나면 그대로 해산이다.

바깥에서는 많은 부가 모집 활동을 하고 있지만, 우리의 활동은 내일부터 알아서 시작하기로 되어 있다.

그러므로 우리는 집에 돌아갈 뿐이다.

"루시안. 잠깐 집에 들렀다 가지 않을래요?"

"가볍게 말하는데, 너네 집에 들르려면 전철을 타야 하거든?"

"루시안네 집에 들를까요?"

"상관없지만, 내 방에는 컴퓨터가 한 대밖에 없어."

"……집에 돌아갈래요."

시무룩해진 아코는 가방을 들었다.

귀가하는 학생들 사이를 빠져나와 현관에 도착했을 때—.

"아, 부실에 뭔가 잊고 나왔어요."

아코가 그런 소리를 하며 발을 멈췄다.

"잊고 나왔다고? 근데 왜 부실이야?"

새 학기가 시작되고 아직 부실에는 한 번도 안 갔는데.

"저번 학기부터 뭔가 놓고 왔던 거야?"

"네. 봄방학 숙제요."

결국 가지러 가지 않았던 거냐!

"그거 안 했으면 큰일이잖아?!"

"하루 안에 할 수 있는 것만큼은 슬쩍 손을 대보려고요!"

"하루 만에 어떻게 되는 숙제가 아니라고!"

변함없이 아코는 학업에 의욕이 없었다.

어쩔 수 없으니 현관 바깥에서 멍하니 기다리기로 했다.

부활동 권유에 힘쓰는 부원들을 천천히 바라봤다.

아, 저기 안경 낀 긴 머리 여자가 조금 노는 애 같은 1학년에게 말을 걸었다.

캐릭터가 다른 느낌인데, 용기 있네.

"……서, ……인 거, 흥미……."

"어, 어째서 알아……."

오, 의외로 이야기가 활기를 띠고 있네?

무슨 이야기를 하는 걸까? 내가 권유할 때 참고가 될지도 몰라.

살짝 귀를 기울여봤다.

"그 중에서도 이 밀어붙이는 검과, 완전히 받아들이는 방패의 관계가 좋아. 들어보면 알겠지만 캐릭터 보이스가 엄청 잘 어울리거든."

"그치만~ 이대로 가면 아무것도 안 남잖아? 반대가 좀 더 괜찮은 느낌 아냐~?"

"결국은 방패 공이라는 거네. 하지만 그건 너무 정석이라서 반대로 간결한 게—"

어? 잠깐, 무슨 권유야?

수? 공? 그런 이야기야?!

무심코 방금 그 여자아이 쪽을 봤다.

어라? 왠지 빤히 보고 있으니, 얼굴과 목소리가 왠지 낯익은 듯한······.

"앗······ 아, 아무튼 전단지만~."

빤히 바라보는 나를 깨달은 1학년이 재빨리 도망쳤다.

"으, 응. 흥미가 생기면 와줘."

긴 머리 여자는 전단지를 건네준 뒤—

"······."

슬쩍 돌아서 도망쳤다.

나도 말없이 뒤를 쫓았다.

"······."

"···········."

그녀는 건물 모퉁이를 돌았다.

쫓아가서 모퉁이를 돌자—

"이크."

"······."

돌아간 곳에서 나를 기다리고 있었다.

말도 없이 나를 올려다보는 그녀.

작은 키와, 그에 반해 긴 머리카락.

안경 너머로 드세 보이는 눈동자가 불안하게 흔들리고 있었다.

응. 분위기는 다르지만, 이렇게 가까이서 보니 역시 알겠다.

"··········세가와가 머리를 푼 모습, 처음 봤네."

잠자코 있어도 별수 없으니 말을 걸었다.

뭐라고 대답할까 했는데…….

"……아, 아니거든."

변명을 해버렸다!

"뭐가 아닌데, 세가와."

"아무튼, 나는 세가와 아카네가 아니라고."

"거기서부터 아니라고 하는 거냐."

"가능하다면 그러고 싶어."

스스로도 무리라고 생각하는 것을 주장해도 곤란합니다.

"왜 그렇게, 안경을 쓰고 머리를 푼 상태로 권유하는 건데?"

"변장이야. 변장."

세가와는 단념했는지, 평소처럼 팔짱을 끼며 말했다.

"직접 이야기를 해서 권유하고 싶지만, 오타쿠 커밍아웃은 하고 싶지 않아…… 그러니 이렇게, 평소와 다른 자신이 되어서 권유 대작전이야."

"확실히 다른 사람으로 보이긴 하네."

머리를 뒤로 묶은 모습은 본 적이 있지만, 완전히 풀어버린 모습은 처음 봤다.

머리를 푸니 의외로 길구나.

"게다가 패션 안경이냐."

"오타쿠처럼 보이지 않아?"

세가와가 슬쩍 안경을 고쳐 썼다.

"안경 이콜(=) 오타쿠라는 건 과연 어떨까 싶은데……."

안경 쓰고 있는 사람, 선생님뿐이거든?

"그래서, 변장을 하고는 BL 좋아할 것 같은 1학년을 찾고 있었다는 거냐."

"오해를 부르는 발언은 그만둬줄래?"

세가와는 흥, 하고 콧김을 내뿜었다.

"나는 내 감성에 따라서, 같은 냄새가 나는 동류를 찾고 있었을 뿐이야. 그 중에서도 외모가 귀엽지만 조금이나마 그쪽을 즐긴다, 그런 낌새가 느껴지는 아이한테 핀 포인트로 말을 거는 거라고. 노림수는 맞잖아!"

"알 것도 같고 모를 것도 같고."

노력하는 모습은 대단하다고 생각한다만…….

"그런데…… 보면 볼수록 인상이 다르네."

"그래?"

세가와가 살짝 고개를 갸웃했다.

겉모습이 문학소녀라 그런지, 어른스럽게 보였다.

"조금 말투도 어른스럽게 해봐."

"……이렇게 말인가요?"

"귀엽네. 그거."

평소와 갭이 있어서 왠지 귀여웠다.

이 녀석, 연상한테도 인기 많을 것 같네.

"딱히 네 취향에 맞출 생각은 없거든?!"

세가와는 내게서 홱 하고 고개를 돌렸다.

"그야 그런가."

내 이목을 끌어봐야 별수 없으니까.

"뭐, 열심히 해라."

"보고만 있으라고. 최고의 부원을 찾아올 테니까."

내가 잘 지낼 수 있을 것 같은 아이로 해줬으면 좋겠는데.

"……그럼 니시무라. 내일 또 봐요."

"내가 잘못했으니까, 그 말투는 그만둬."

"그래그래."

세가와는 건물 모퉁이를 돌아서 또 감이 오는 여자를 찾기 시작했다.

저 모습을 보니 땡땡이를 칠 때가 아니라는 기분이 들었다.

"슈, 열심히 하네요."

"어라, 있었냐. 아코."

어느새 아코가 왔다.

그보다, 한눈에 세가와라는 걸 알아챈 건가?

"분위기가 꽤 다르던데, 용케 바로 알아챘네."

"아뇨, 냄새로요."

"무섭다고."

뭐야, 그게. 내가 세가와랑 만난 뒤에는 냄새로 알아챌 수 있다고 하고 싶은 거냐?

"저도 슈처럼 노력해야겠어요."

아코는 양손을 꽉 쥐며 말했다.

"아코도 모집할 거야?"

"저도 길드를 생각하는 마음은 지지 않으니까요!"

오오, 참으로 진취적인 말이다.

"구체적으로는?"

"······내일부터 노력할게요."

아코다운 말이었다.

아코를 역까지 바래다주고 집으로 돌아가는 것이 나의 평소 하교 루트다.

평소였다면 아코와 헤어진 뒤 시간이 길게 느껴지지만, 오늘은 그렇지만도 않았다.

나는 어떻게 부원을 권유해야 하나······. 다른 부에서는 직접 교실로 가서 어필하거나, 등하교 시간에 전단지를 나눠주거나, 눈에 띄는 학생에게 직접 말을 거는 등 노력하고 있던데 말이지. 그런 일을 해야 하는 건가······.

그런 생각을 하는 사이, 어느새 집에 도착했다.

"다녀왔습니다······."

아직까지 좋은 아이디어가 떠오르지 않아서 휘청휘청 흐느적거리며 거실로 들어섰다.

"어서 와~."

먼저 돌아와 있던 미즈키가 노트북을 보고 있었다.

"나 왔다~."

"어서 오라고 했잖아~."

머리에 손을 툭 올려놓으려 하자 미즈키는 내 생각을 읽고 있었다는 듯이 피해버렸다.

피한 곳으로 손을 뻗자, 그것도 바로 피했다.

"…………."

"……."

스으, 획, 스으, 획.

쓸데없는 공방전을 두세 번 하고 나서 서로 씨익 웃었다.

"성장했구나. 여동생아."

"오빠도 말이지."

이거, 가끔 하는데 말이지.

미즈키가 피하지 못했을 때는 약해진 상태니까 단 거라도 주면 좋다.

"그런데, 오빠."

미즈키는 내 쪽으로 몸을 돌리면서 입을 열었다.

"회장님. 엄청 뜨겁게 말하던데, 부원은 왔어?"

"아니. 아무도 안 왔어."

"……그래?"

"유감스럽지만. 부원을 한 명이라도 늘리지 않으면 안 되니까 조금 더 노력해봐야지."

"그렇구나~."

미즈키는 흐응~, 하고 5초 정도 생각하고는 천천히 나를 올려다봤다.

"내가 들어가 줄까?"

그리고 예상대로, 그렇게 말했다.

너라면 들어가 준다고 말하리라 생각했어.

"됐어, 됐어. 남매가 사이좋게 같은 부활동이라는 것도 좀 그렇잖아."

"그런가?"

"그럼."

그게 아니라고 하더라도—.

"미즈키는 관심 있는 부활동 없어? 부활동 견학 같은 것도 하고 있잖아."

"응. 오늘 잠깐 가봤어."

"호오, 어디에?"

미즈키는 반짝반짝 눈을 빛내며 말했다.

"조리부. 있지~, 커다란 금속 훈제기가 있어서, 훈제를 체험할 수 있었어."

이따~만했어! 라며 미즈키는 양손으로 훈제기의 크기를 표현했다.

아무리 오빠라도 이건 잘 모르겠다.

"흐음~, 훈제라……. 어렵지 않았어?"

"간단했어. 재료를 사전에 살짝 손질해서 넣기만 하면 돼. 하지만 훈제가 끝난 뒤에는 조금 재워두는 편이 맛있어지니까, 먹는 건 내일이야."

기대되네~ 라면서 정말로 두근두근한 듯이 말했다.

그렇군, 공을 들였구나.

"꽤 하는군. 조리부."

"꽤 한다고……?"

"훈제라는, 관심은 있지만 직접 손을 대기는 어려운 장르. 하지만 기구만 있다면 누구라도 간단히 참가할 수 있고, 그러면서 이틀 이상의 시간이 필요하니까 연속해서 체험을 올 수 있지. 이러면 이미 부원이 왕창 확보된 거나 다름없어."

"그런 말을 들으니까 나도 붙잡힌 것 같잖아."

"붙잡히면 되잖아. 선물을 갖고 돌아오라고."

부모님은 옛날부터 바쁘셔서 나도 미즈키도 나름대로 집안일은 할 수 있는 편이다. 미즈키라면 분명 조리부에서도 즉시전력이 될 것이다.

"흥미 있잖아? 그럼 괜찮지. 마음껏 즐겨. 학교."

"응."

순순히 끄덕인 미즈키는 다시 노트북으로 고개를 돌렸다.

하지만, 관심이 있는 부활동이 있는데도 내가 곤란한 모습을 보고 온라인 게임부 같은 곳에 들어오겠다고 하는 여동생이란 말이지.

옛날부터 태연한 얼굴로 일부러 꽝카드를 뽑아버리는 녀석이었다.

길드에 들어올 생각도 없으면서 부원이 되어서 어쩔 거야. 큰일이라고.

역시 이 녀석에게 폐를 끼칠 수는 없다.

이렇게 되면 내가 진지하게 나설 수밖에 없나…….

"각오해라. 아직 보지 못한 현대통신전자 유희부 신입부원! 이 니시무라 선배가 가르침을 베풀어주마! 일주일 안에 온라인 게임 폐인으로 만들어주겠어!"

"오빠, 시끄러워."

"죄송합니다."

아무튼, 나도 전단지라도 만들어볼까.

우리와 함께 온라인 게임을 시작하시지 않겠습니까? 같은 거.

2장

"우리의 과금은 이제부터 시작이란 말이다!"

And you thought there is Never a girl online?

차가운 아침 공기를 마시며 부끄러움을 참고 크게 소리를 질렀다.

"현대통신전자 유희부! 잘 부탁드립니다~!"

이것이야말로 권유 활동.

평소보다 빨리 등교한 나는 교문을 지나 학교 건물로 들어가는 길목에서 전단지를 나눠주었다.

물론 전단지는 「온라인 게임이 좋다!」고 하는 사람 외에는 흥미를 갖지 않을 내용이다.

그리운 명작 게임이나 최신 기대작에서 그림을 따와서 디자인을 만들고, 전단지 문구에서도 폐인 모집을 어필했다.

이것에 관심을 갖는 1학년은 틀림없이 진짜 온라인 게이머다.

"흥미가 있으신 분은 부실동의 현대통신전자 유희부 부실로 와 주세요~."

등교하는 1학년들에게 척척 전단지를 떠넘겼다.

영문 모를 부활동에, 영문 모를 전단지. 보통이라면 받아주지 않겠지만, 지금에 한해서는 그렇지도 않다.

"육상부! 부원 모집 중입니다!"

"야구부에서 함께 코시엔을 노리시지 않겠습니까! 매니저도 모집 중입니다!"

"궁도부, 매일 궁도장에서 체험회 하고 있습니다~!"

그렇다. 전단지를 나눠주는 사람은 나만 있는 것이 아니었다.

주변에 전단지를 나눠주는 2학년, 3학년이 엄청 많으니까 전부 한꺼번에 받아주게 된다.

덕분에 전혀 알려지지 않은 현대통신전자 유희부의 전단지도 제대로 나눠줄 수 있다.

의욕을 내서 재빨리 움직여서 다행이다. 작년의 경험으로 볼 때, 이런 식으로 적극적으로 권유할 수 있는 건 며칠뿐이니까.

"현대통신던다 으히부…… 저, 전자 유희부입니다~."

"풋, 고, 고맙습니다……."

아아, 전단지를 받아준 1학년이 웃었어!

이 부활동, 발음하기 어렵다고! 혀가 꼬인다니까!

"잘 부탁합니다~! ……어, 전단지 다 썼네."

"루시안, 여기요."

"오오, 땡큐."

뒤에 있던 아코에게서 전단지를 받아 다시 나눠주기 시작했다.

"현대통신전자 유희부입니다~! 함께 온라인 게임 하시지 않겠습니까~."

─은근슬쩍 넘어갔지만, 실은 아코가 줄곧 내 뒤에 있었다.

주변의 시선을 피하듯이 유령처럼 멀뚱히 서 있다.

"……야, 아코. 나만 나눠주고 있는데, 너는 괜찮아?"

이번에는 나와 아코의 타깃이 다르니까, 스스로 찾지 않으면 찾을 수 없을 거라 생각하는데…….

아코는 내 뒤에서 딱딱한 미소를 지으며 말했다.

"그, 그게…… 이 사람이다! 라고 생각되는 사람이 있으면 말을 걸어보려고요."

"있긴 해? 그런 녀석."

"……몇 명은 있었어요."

"말 못 걸었잖아."

"우우우…… 지금부터 노력할게요."

말이야 좋지만, 정말로 노력하려나?

이대로 가면 여느 때처럼 아무것도 하지 않고 권유 시간이 끝나버릴 텐데?

─그렇게 생각하고 있었는데…….

나는 아코를 얕보고 있었다. 내 신부는 착실히 성장한 모양이었다.

"루시안. 점심 먹고 부원 권유하러 가요!"

점심시간에 아코가 그런 말을 꺼냈다.

아코가 스스로 움직였다. 그것도 가장 서툴러하는, 모르는 상대에게 말을 건다는 분야에서 말이다.

"오오…… 굉장한데? 아코. 정말로 할 생각이구나."

"줄곧 루시안과 함께 있었더니 기운차요!"

"……그러십니까."

나는 조금 지쳤거든?

틈만 나면 등을 찌르는 거, 그만두지 않을래?

그건 일단 넘어가고.

"나도 도와주고는 싶지만, 미안. 오늘은 도서위원 일이 있어."

"후에에에에엥."

일주일에 한 번 꼴로 점심시간에 도서실에서 접수를 맡는 일이 있다.

우연찮게 오늘이 그날이었다.

"그럼 저는 혼자서 권유를 해야 하는 건가요……."

"원래 혼자서 하는 거잖아?"

아코와 내가 원하는 인재는 다르니까.

"……알겠어요."

아코는 결의가 담긴 목소리로 말했다.

"호, 혼자서도, 열심히 할게요!"

아코가 벌떡 일어섰다! 그때 그 뒤에서—

"아코 대단하네!"

"냐웃?!"

쭈욱 뻗은 손이 아코를 붙잡았다.

"그럼 아코, 조금 꾸며야겠지?"

"싫어요오오오오!"

"파이팅~."

아키야마 그룹에 붙잡힌 아코가 버둥거리는 모습을 곁눈질하며, 나는 도서실로 향했다.

음식물 반입 금지 규칙은 도서위원에게는 적용되지 않는다고 한다.

접수대에서 우물우물 빵을 먹으면서 이용자를 기다렸다.

일의 순서는…… 대여 카드에 도장을 찍고, 빌린 사람의 데이터를 입력하는 것이다.

누구라도 할 수 있는 간단한 일이다.

"…………."

"……응?"

그때, 옆자리에 한 여자아이가 앉았다.

리본 색으로 보아하니 1학년이다.

"……잘 부탁합니다."

안경을 쓴 어른스러운 느낌의 아이였다.

어제 본 세가와와 분위기가 비슷하지만, 그 녀석과 달리 머리는 길지 않다.

"……선배?"

말하는 데 익숙하지 않은 선배 호칭이 조금 귀여웠다.

듣는 데 익숙하지 않은 나도 마찬가지였지만.

"응. 잘 부탁해."

"……."

내가 대답하자 묵묵히 살짝 인사만 한 그 아이는 조용히 책을 읽기 시작했다.

마이페이스인 아이로군. 편해서 좋긴 하지만.

"저기, 대여할 수 있나요?"

이크, 손님이다.

"네~. 책을 보여주시겠어요?"

대여를 희망하는 책을 받아서 뒤쪽 대여 카드에 도장을 찍었다.

타이틀은…… 마에가사키 고등학교사? 학교의 역사라니, 신기한 걸 빌리는 사람이네.

이름은?

"1학년 2반, 타카이시입니다."

"타카이시…… 네. OK입니다. 대출 기한은 일주일입니다."

"감사합니다!"

고개를 꾸벅 숙인 타카이시는 도서실을 나갔다.

입학 시작부터 학교의 역사 공부라니, 성실한 아이네. 아코가 본받았으면 좋겠다.

나머지는 입력하기만 하면 OK다.

평소에도 온라인 게임으로 채팅을 하는 내게 이 정도의 입력 작업은 식은 죽 먹기지.

온라인 게임을 해서 다행이야!

드물게도 도움이 된 온라인 게임 기능에 감사하면서 가뿐히 작업을 끝냈다.

"좋았~어."

"……저기."

"예입?!"

아아, 1학년 도서위원 아이네.

갑자기 말을 걸어와서 깜짝 놀랐잖아.

"왜 그래?"

"선배, 도서위원……."

거기까지 말하고는, 조금 생각한 뒤—.

"……익숙하시나요?"

"아니, 이번이 처음인데."

"……."

1학년이 우와, 라는 표정을 지었다.

딱히 특수한 일은 하지 않았는데.

"다음에 누가 오면, 해볼래?"

"……해볼게요."

적극적이고 착한 아이였다.

최종적으로는 내가 멍하니 있어도 전부 해줄 수 있는 수준이 되어줬으면 좋겠습니다.

　하지만 아쉽게도 그 이후에는 대여할 사람이 오지 않았고, 끝날 때까지 한가로운 시간이 흘렀다.

　점심시간이 끝나기 5분 전에 도서실을 닫았다.

　이제 교실로 돌아가면 되지만…… 아코가 걱정이네.

　잠깐 보러 가볼까.

　작년 1년 동안 지내왔기에 익숙한 1학년 층으로 가봤다.

　그러자 1학년 5반 교실 앞에, 입구에 서서 안을 들여다보는 수상한 그림자가 있었다.

　머리를 쓰다듬기 딱 좋을 정도의 키와 부스스한 긴 머리카락.

　"……아코?"

　"읔!"

　말을 걸자 뒷모습이 움찔거리며 떨렸다.

　긴 머리의 주인은 끼기긱 하고 돌아보더니—.

　"……루시안~."

　느닷없이 우는 소리를 했다.

　"뭐하는 거야?"

　아코 옆에 서서 물어봤다.

　"그게…… 조건에 맞는 아이가 있어서 말을 걸어볼까, 하고 보고 있었는데요."

"보고 있었다고?"

"아무래도 안에는 들어갈 수 없고, 말도 걸 수 없어서……."

"……그래서?"

"줄곧 이렇게 보고 있었어요."

"무섭잖아!"

수상한 상급생이 하급생의 교실을 빤히 바라보고 있다니, 어딜 봐도 공포잖아!

1학년이 무서워하고 있지 않을까? 괜찮나?

"역시 저한테는 무리예요, 루시안~."

"그래그래. 그리고 남들 앞에서 루시안이라고 부르지 마."

달라붙는 아코를 대충 쓰다듬어줬다.

"……칫."

어딘가에서 혀를 차는 소리가 들렸는데?!

교실 입구 근처에 앉아있는 남자다. 이쪽을 노려보고 있네.

수상한 상급생에게서 구해줬는데, 왜 혀를 차는 거냐고. 불합리하잖아.

"오빠?"

"응?"

어쩐지 아코와 비슷할 정도로 익숙한 목소리가 교실 안에서 들렸다.

뭐야, 여동생이잖아.

"미즈키. 너희 반이었냐."

"응. 그런데…… 무슨 일이야? 아까부터."

미즈키가 무슨 볼일이라도? 라며 고개를 갸웃했다.

"1학년 교실을 감시하는 수상한 2학년을 확보하고 있었어."

"딱히 수상하지는 않았는데?"

미즈키가 쓴웃음을 지으며 말했다.

다정한 미즈키는 그렇게 말하겠지만 말이지.

"아니, 수상하잖아. 그게……."

아코를 정면에서 보고— 어라?

머리모양이 평소와 조금 다르네.

평소의 아코는 자세에 따라서는 얼굴이 전부 가려질 정도로 앞머리가 길다.

하지만 지금은, 얼추 얼굴이 보일 정도로 머리카락을 가지런히 모으고 있었다. 아키야마의 짓인가?

이런 상태라면 아코는 꽤 평범하게 귀엽다.

아니, 평소에도 귀엽긴 하지만, 고개를 숙이고 있어도 귀엽겠지.

그렇다면…….

교실에 있는 1학년 쪽에서 보면, 귀여운 상급생(아코)이 빤히 반을 들여다보고 있어서 무슨 일인가 궁금했는데, 친한 척하는 남자(나)가 다가와서 옆에서 그 상급생에게 말을 걸고, 머리를 쓰다듬고—.

"옳거니!"

"뭐, 뭐가 옳거니야?"

"여러모로 납득이 됐거든."

그런 의미로 혀를 찬 거였나, 그쪽 남자.

미안하지만 이 녀석은 내 신부거든?! 게임 속에서이긴 하지만!

"그럼 딱히 막지 않아도 괜찮았던 건가."

"네?"

어리둥절한 아코의 어깨에 손을 올렸다.

"아코는 내 손을 떠났구나. 앞으로는 마음껏 살아줘."

"에에엑?! 안 돼요! 저는 루시안에게 보살핌 받지 않으면 살아갈 수 없어요!"

"보살핌을 요구하지 마."

하지만 스스로 권유 정도는 할 수 있을 것 같다.

오히려 내가 방해해버렸군.

그때 딩동댕동, 하고 종소리가 울렸다.

이런, 점심시간이 끝났다.

"그럼 우리는 돌아갈게."

"바이바이. 슈슈."

"에, 에에엑? 뭐였던 거야?"

곤혹스러워하는 미즈키를 두고 우리 반으로 돌아왔다.

다음에는 아코 혼자서 그 반에 권유하러 가도 괜찮겠어.

†††　†††　†††

　수업이 끝나고 부활동 시간이 돌아왔다.

　올해 처음 치르는 첫 번째 부활동은 조금 유감스러운 시간이었다.

　"……입부 희망자, 안 오네."

　"음…… 왜일까……."

　권유활동에 힘쓰던 세가와와 마스터가 시무룩하게 컴퓨터 전원을 껐다.

　언제라도 와라! 하고 기다리고 있었지만, 아무도 견학하러 오지 않은 채 부활동 시간이 끝나고 말았기 때문이다.

　"그렇게 쉽게 오지는 않네."

　"열심히 했는데 말이죠."

　"내 전단지는 효과가 없었나……."

　우리도 우리 나름대로 노력했었기 때문에 꽤 실망했다.

　역시 부원 모으기는 힘들구나.

　"다들, 열심히 모집하고 있었어?"

　의자 등받이에 몸을 기댄 채 아키야마가 물었다.

　"어어, 마스터는 전체 채팅으로 외치는 타입. 세가와는 주변에 괜찮아 보이는 사람에게 팍팍 말을 거는 타입."

　"아코는?"

　질문을 받은 아코는 슬쩍 시선을 돌렸다.

"저는, 이 사람이라면! 이라고 생각한 사람한테 핀 포인트로 말을 거는 타입이에요."

"그거 영원히 말을 걸지 못하는 경우도 있지 않아?"

"그런 가능성도 미립자 레벨로 존재할 거라 생각해요."

지금은 미립자 쪽이 우세인 모양이다.

"그리고 나는 계속해서 모집하고 있습니다! 라는 광고를 하며 누가 와주지 않을까 기대하는 타입."

"길드 모집 게시판 상단에 항상 있는 길드 같은 거네."

"대충 그런 거지."

여기저기 있는 게시판에 전단지를 붙여 놨다.

그렇게 모집 중이라는 분위기를 보여줘서 오기 편하게 만들어주는 것이다.

"왠지 길원 모집 같은 방식이네."

"실제로 그런 느낌이니까요."

모두의 특징이 드러나고 있다.

길드 찾기도 그렇지만, 길원 찾기도 개성이 나오는 부분이다.

"하지만 왠지 니시무라— 아니, 루시안답지 않은 방식 같아."

그때, 드물게도 세가와가 루시안이라 부르면서 입을 열었다.

"너, 대충 아무한테나 말을 걸어서 친구가 되는 타입 아니었어?"

"그러게요. 루시안은 곤란해 하는 아이에게 말을 걸거나,

붕괴할 것 같은 파티를 도와주거나, 그런 무슨 일이 있을 때마다 친구가 늘어나니까요."

"너희들, 묘하게 나에 대해서 자세하게 잘 아네."

듣고 보면 그럴지도 모른다.

열심히 온라인 게임 폐인용 포스터를 만들었지만, 닥치는 대로 모집하는 방식은 내게 어울리지 않는 걸지도 모른다.

"확실히 나는 지인의 지인 같은 연결로 친구가 늘어나거나, 우연히 만나 친해지고, 그 이후에 길드로 권유하는 타입이었던 것 같아……."

실제로 앨리 캣츠 역시 우연히 만나서 마음이 맞아 만들게 된 길드다.

"하지만 1학년에 아는 사람은 없잖아요."

"있을 리가 없지."

그렇기에 평소의 친구 만드는 방식이 통하지 않는다.

이러니 나 역시 전단지를 돌리는 거지. 소용없었지만.

"하지만……."

모집을 시작하기 전에는 자신감이 넘쳤는데, 부활동 소개에서 노력했건만 결과가 이 모양인 것이 타격이었는지 마스터가 조금 침울한 느낌으로 입을 열었다.

"연설에서 나는 최대한의 노력을 했다고 생각한다만, 그것으로는 안 된다는 건가."

"아직 상황을 지켜보고 있는 것 아니야? 다른 부는 어떨까?"

"반에서 이야기를 들어보니, 다른 부는 견학이나 체험 입부를 하러 오는 모양이던데."

내 말에 다들 으~음 하고 신음했다.

"역시 우리로는 안 되는 걸까요?"

"와주지 않으면 어쩔 수가 없잖아."

"음…… 이상적인 부원은 포기해야 하는가."

마음이 꺾이기 시작한 세 사람.

나도 열심히 전단지를 돌렸는데 말이지…… 역시 안 되는 건가.

"……."

"……응?"

문득 고개를 돌려보자, 아키야마가 진지한 표정으로 우리를 보고 있었다.

빛 때문인가? 밝게 빛나는 눈동자에 왠지 빨려들 것만 같은 착각을 느낄 정도로, 강렬한 시선이었다.

"……아키야마?"

"아, 있지."

말을 걸자, 아키야마는 평소처럼 밝은 표정으로 돌아왔다.

"좋은 생각이 났어!"

그리고 즐겁게 말했다.

좋은 생각? 어, 이 분위기에서?

"뭔가요? 업뎃까지 시간을 때울 수 있는 건가요?"

"그런 게 아니라—."

아키야마는 싱글벙글 웃으며 우리를 둘러봤다.

"다들 아무도 찾아오지 않는다면, 내가 입부할게!"

"……뭐?"

"나나코는 부원이잖아?"

나와 세가와가 무슨 소리냐며 웃었다.

하지만 아키야마는 붕붕 고개를 저었다.

"나 아직 입부 안했어! 다들 부원은 모집하지 않는다고 해서!"

어라, 그랬던가?

잠시 돌이켜 보니, 어어…….

앗!

"그러고 보니 입부는 안 했던가?"

"부원은 아니지만, 왠지 모르게 함께 있었네요."

"합숙에서도 섞여있었으니까, 평범하게 부원 취급이었어."

"완전히 동료로 인식하고 있었군."

길드에는 들어왔으니, 아키야마는 이제 부원이나 다름없는 대우였다.

아직 정식 입부는 하지 않았으나.

"그러니까, 정 안되면 내가 들어가면 돼! 대부분의 조건은 클리어할 수 있잖아?"

아키야마가 가슴을 폈다.

"니시무라에게도 아코에게도 흥미 없고! 언제나 태클 역할을 맡아 하고! LA는 좋아하지만 아코보다는 못한다고 생각하고, 롤 플레이에 흥미 있고, 과금은 그다지 하지 않지만 못하는 것도 아니고, 평범하게 귀엽고!"

"마지막, 용케도 스스로 말하네."

"조금 부끄러워."

말을 끝내고 나서 쑥스러워진 건지 아키야마의 얼굴이 조금 빨개졌다.

"애초에 부원을 늘리면 되는 거니까, 내가 입부하면 해결이잖아!"

좋은 아이디어라는 듯이 가슴을 폈다.

확실히, 누구라도 상관없이 입부만 해도 되니까 아키야마가 들어오면 문제없다.

원래 부원이나 마찬가지였고, 가장 무난한 인선이라고 생각한다. 생각하지만, 하지만…… 어째서일까.

"그만두는 편이 좋지 않을까?"

"일부러 입부하는 건 좀 그런 것 같은데……."

"저도 조금……."

"쌍수를 들고 찬성할 수는 없겠군"

멋들어지게 전원의 반대가 날아왔다.

4대 1, 반대가 과반수다.

"에에엑? 어째서?!"

"으~음. 결코 동료에서 따돌리는 건 아닌데."

이제 와서 그런 짓은 안 해.

부원이라고 착각할 정도로, 이미 충분히 동료니까.

"단지, 이런 부에 정식으로 들어오기에는 이득이 너무 없잖아?"

세가와가 조금 곤란한 표정으로 말했다.

그렇다니까. 아키야마에게는 이익이 없고, 반면 손해는 너무 크다.

"나랑 아코는 각자 목적이 있어서 들어와 있는 거라고."

"그렇죠."

그 목적이 완전히 정반대라는 게 문제지만.

"세가와는 동료라는 것도 있지만, 컴퓨터 성능 문제도 있어서 그런 거고."

"그렇다니까. 바하무트도 워 머신과 비교하면 뒤떨어지니까."

애칭으로 무슨 컴퓨터인지 알 수 있다는 게 괴롭다.

"나에게는 삶의 보람이니 말이다."

마스터는 대학에 들어가고 나서도 매일 올 것 같아서 무서울 정도다.

"다들 꼭 들어와야만 해서 들어와 있는 거라고."

그야말로 다소의 불이익은 각오하더라도 말이지.

"그리고 부원이 되면, 아무래도 의무도 따라올 테고."

"음. 지금까지처럼 일주일에 몇 번 마음 내킬 때 오면 된다는 식으로 지낼 수는 없다. 나도 부장으로서 출결 관리 정도는 하고 있으니."

"그, 그건……."

아무 일도 없는 평일 출석률은 4분의 1을 밑도는 아키야마는 식은땀을 흘리며 굳어졌다.

영문 모를 부에 들어오는 것도 모자라서 너무 쉬면 주의를 받는다니, 유감스러운 결과밖에 보이지 않는다.

"그보다 이 부에 들어온 것 자체로도 내신 같은 데서 불리해지지 않아? 나나코, 추천을 노리고 반장이 된 거 아니었어?"

"어어, 응. 그렇긴 한데……."

"오히려 나는 후임 학생회장을 맡기려고 생각하고 있었다만."

"그, 그건 좀! 2년 연속 맡고 있는 쿄우 선배의 후임이라면, 지금 학생회 사람이 할 거야!"

"흠. 아쉽군. 다음에 다시 상담하도록 하마."

아쉽다고 하면서도 포기하지는 않을 낌새다!

"저기, 학생회 이야기는 둘이서 하기로 하고."

"안 한다니까!"

……하기로 하고.

"지금 상태에서도 별로 곤란하지 않으니까, 굳이 성가신 일을 할 건 없잖아?"

"응. 딱히 악의가 아니라, 아키야마가 우리를 신경 써주는 것과 비슷한, 그런 호의적인 의미로, 그만두는 편이 좋아."

"맞아요! 들어오지 않아도 괜찮아요!"

"아코한테 들으니까 왠지 다른 느낌이 들어."

"그, 그런가요~?"

아코는 다소 감정이 담겨있는 것 같지만.

"응. 모두의 의견은 알았어."

"알아주셨습니까."

"알긴 했지만, 아무도 들어오지 않으면, 내가 들어갈게!"

어째서 이렇게 되었나!

"알지 못했잖아!"

"다들 부원을 찾아주면 문제없잖아? 괜찮아, 괜찮아~."

"에에에에엑?! 잠깐, 그럼 진짜로 찾아야 하잖아!"

"그렇다고요. 좀 더 노력해야……."

"큭, 연설의 질을 더욱 높여야 하나."

"훗훗훗, 세테 씨의 입부를 원하지 않는다면, 열심히 부원을 찾아줘~."

설마 자신을 인질로 삼아서 강제 부원 모집?!

큭, 비겁해! 비겁하다! 아키야마!

포기하지 않고 모집에 열중해야지…… 반드시 부원을 찾아내주겠어!

††† ††† †††

부원 권유는 열심히 하고 있지만, 그것과는 별개로 평소처럼 LA도 하고 있다.

전원 모두 레벨은 100을 넘겼고, 전직 업데이트가 오기만을 기다리는 상황. 패치는 절찬 연기 중입니다.

그래서 지금은 레벨을 올리기보다는 레어 사냥이나 미니게임 등 놀이가 메인이다.

◆루시안 : 다음에는 소형 메이란식 크랭크 15개인가.

◆아코 : 15개나 만드는 건가요?!

◆루시안 : 지금까지 만든 것을 전부 써도 아직 중간 소재의 절반 정도라고.

◆아코 : 무리에요오오오오.

◆루시안 : 집에 목욕탕을 갖고 싶다고 한 건 아코잖아.

◆아코 : 이렇게 큰일일 줄은 몰랐단 말이에요!

그런고로, 이 기회에 니시무라 가(게임 속 하우스) 개장을 위해 노력하고 있다.

현재는 욕실 증설에 도전 중이다.

◆애플리코트 : 차라리 사버리면 되는 거 아닌가.

◆아코 : 그건 왠지 아깝잖아요.

우리 집이라 그런지, 아코 나름의 고집이 있는 모양이다.

◆애플리코트 : 장래에는 루시안이 고생할 것 같군.

◆루시안 : 부정은 못하겠네.

◆아코 : 집은 아내의 홈이니까요!

집과 홈이 의미가 겹치거든?

◆루시안 : 뭐, 아코가 하겠다고 하면 괜찮아. 열심히 만들자.

◆아코 : 기다려주세요. 저 혼자 하는 건 이상해요. 이 기회에 루시안도 생산 스킬을 올려야 해요.

◆루시안 : 그걸 깨달을 줄이야, 역시 천재인가.

◆아코 : 루시안도 저품질 목제 톱니바퀴 100개 만드세요!

◆루시안 : 뭐어, 생산 스킬 올리기 귀찮은데~.

◆아코 : 저 같은 소리 하지 말아주세요!

아코 같다니, 평소에 그런 소리를 하는 자각은 있었구나.

그런 식으로 작업하는 우리 옆에서는—.

◆고양이공주 : 냐옹냐옹.

◆루시안 : 선생님은 그냥 무심코 소재를 만들고 계시네요.

◆고양이공주 : 일하는 중에 짬짬이 생산을 하고 있을 뿐이다냐. 다음 주 쪽지시험 생산이 메인이다냐.

◆아코 : 쪽지시험 싫어요!

◆애플리코트 : 시간 외 업무는 그리 탐탁지 않다만.

그리고 뜰 쪽에서는…….

◆세테 : 무땅, 손!

◆슈바인 : 손잡는 AI를 짤 바에는 전투용을 짜라고.

◆세테 : 다시 한 번! 손!

◆슈바인 : 의외로 할 수 있는 게 많은 AI네.

◆세테 : 앉아!

◆슈바인 : 거기까지 짤 수 있으면 전투용도 만들 수 있잖아! 만들에!

뭐, 평소대로. 느긋한 게임 속이다.

◆슈슈 : 아, 안녕하세요~.

오, 뜰 쪽에서 슈슈가 왔다.

아직 우리 집을 보러 온 적이 없어서 초대했다.

◆루시안 : 오오, 늦었네.

◆슈슈 : 여기 멀단 말이야. 왜 이런 곳에 집을 지은 거야?

◆아코 : 저와 루시안의 추억이 담긴 곳이거든요!

◆슈슈 : 돌아가도 돼?

잠깐잠깐. 딱히 그런 이야기를 하러 부른 게 아니거든?

◆루시안 : 집을 보여주고 싶었던 게 아니라, 오늘은 고양이공주 씨가 있으니까, 이번에야말로 천년 벚나무 던전에 도전해볼까 해서.

◆고양이공주 : 안녕이다냐.

◆슈슈 : 아, 네. 안녕하세요.

고양이공주 씨가 꾸벅 고개를 숙이자 슈슈도 허둥지둥 인사했다.

◆고양이공주 : 슈슈는 1학년이었던가냐? 게임도 좋지만, 가급적 예습복습은 제대로 해둬야 한다냐.

◆고양이공주 : 특히 숙제는 집에서 확실히 해놓지 않으면, 쉬는 시간에 계속 숙제를 붙들고 있는 바람에 친구와 소원해지는 아이도 있다냐. 조심해라냐.

◆슈슈 : 아, 네······.

괜스레 기합이 담긴 캐릭터성과 묘하게 귀여운 의상의 캐릭터가 어째서인지 학교생활을 어떻게 보내야 하는지 걱정해주는 모습에 슈슈가 눈을 깜빡였다.

◆슈슈 : 고양이공주 씨도 선배인 건가요?

◆고양이공주 : 그런 셈이다냐.

선배라기보다는, 선생님이지만.

◆애플리코트 : 이걸로 일곱 명 모였다만, 그럼에도 한 명 부족하군.

◆루시안 : 한 명 정도는 대충 친구한테 말을 걸어볼게.

친구 리스트를 살펴보고 한가해 보이는 사람을 찾았다.

오, 이 사람이라면 와줄 것 같다.

◆†클라우드† 씨, 이벤트 벚나무던전 가지 않을래요?

때마침 로그인한 †클라우드† 씨에게 귓속말 채팅으로 말을 걸었다.

그러자 바로 대답이 돌아왔다.

◆†클라우드† : 고양이공주 씨는?

◆루시안 : 있어요.

◆†클라우드† : 알았다, 가자.

이럴 거라 생각했지만, 반응이 빠르다니까, 이 사람.

◆루시안 : 그럼 지금부터 던전으로 갈 테니까, 입구에서 합류하죠.

◆†클라우드† : OMW[#6]

◆루시안 : 빠르잖아요. 잠깐만 기다려요.

그렇게 해서, 오늘에야말로 다시 미즈키의 합격 축하식이다.

―합격 축하식이 던전 돌파라니, 괜찮은 건가?

◆루시안 : 이쪽은 전 고양이공주 친위대의 클라우드 씨야.

◆슈슈 : 친위대……?

◆슈바인 : 뭐가 뭔지 잘 모르겠지만, 말 그대로의 의미야.

어리둥절한 슈슈 앞에서 고양이공주 씨가 †클라우드† 씨에게 손을 흔들었다.

◆고양이공주 : 오랜만이다냥.

◆†클라우드† : 오랜만입니다, 고양이공주 씨! 만나 뵙고 싶었습니다.

◆고양이공주 : 펴, 평소에 채팅은 하고 있다고 생각하는데냥.

◆†클라우드† : 얼굴을 맞대고 이야기하지 않으면 만났다고는 할 수 없죠!

◆슈슈 : 우와.

#6 OMW 가는 중이란 뜻의 인터넷 약어. on my way.

◆†클라우드† : 우와 라고 하지 마.

아니, 말한다고. 이 리액션이 보통이야.

◆†클라우드† : 그렇게 됐으니 잘 부탁한다.

◆아코 : 네~.

◆세테 : 잘 부탁해.

아코도 낯익은 상대라서 안심한 모양이다.

그리고 슈도 평소처럼 나섰다.

◆슈바인 : 이 몸의 발목을 잡아끌지 말라고.

◆세테 : ㅋㅋㅋ

◆슈바인 : 왜 웃는데.

◆세테 : 왠지 남들 앞에서 이 몸이라고 하는 게 웃겨서ㅋㅋㅋ

◆슈바인 : 이 몸은 언제나 이 몸이거든!

◆세테 : ㅋㅋㅋㅋㅋㅋㅋ

◆아코 : 대초원이네요.

◆루시안 : 누가 풀 좀 깎아줘~.[#7]

◆†클라우드† : ㅋㅋㅋ

◆슈바인 : 너까지 웃지 말라고.

◆†클라우드† : 그치만 슈바인은 독일어로 돼지잖아ㅋ

◆슈바인 : 그 말은 하지 마아아아아아아.

†클라우드† 씨가 해서는 안 되는 말을—!

#7 누가 풀 좀 깎아줘~ 일본에서 웃음을 나타내는 인터넷 은어는 www로, 마치 풀이 난 것 같다고 하여 웃음이 폭발하면 초원이라 표현한다.

◆슈바인 : 좋아. 네놈만큼은 용서 못해.

◆†클라우드† : 오, 한판 뜰까?

◆슈바인 : 오냐. 때려눕혀주겠어.

◆루시안 : 오~, 힘내라~.

◆슈슈 : 마, 막지 않아도 돼?

◆루시안 : 재미있어 보이니까 괜찮지 않아?

게다가 저래 봬도 슈는 정면에서 RP로 대항하는 쪽이 타오르는 편이니까.

저 녀석 분명 모니터 앞에서는 히죽거리고 있을걸?

◆슈바인 : 직접 대결은 재미없어. 대검끼리니까, 화력으로 붙어보자고.

◆†클라우드† : 그럼 이 던전 보스를 상대로 누가 높은 어그로를 끌어오는지 승부다.

◆슈바인 : 바라던 바다. 보스는 뭐지?

◆†클라우드† : 세 루트가 있는데, 아래쪽 루트의 보스, 체리 피그맨으로 가자고.

◆슈바인 : 왜 돼지 보스를 고른 거냐?! 이 자식!

◆루시안 : 초이스 신급인데ㅋ

◆슈바인 : 칭찬하지 마!

그야 칭찬하지.

거대 돼지형 보스, 피그맨 계열이 이런 곳에서 등장할 줄이야.

◆애플리코트 : 좋다. 쓰러트린 순간의 어그로 수치는 이 애플리코트가 판정해주마!

◆루시안 : 그럼 내가 메인 탱커고, 서브는 슈슈면 되나?

◆슈슈 : 나 밖에 전위할 사람이 없으니까.

다른 전위는 딜러충이 되어버린 두 사람밖에 없으니 말이지.

평소에 솔로로 몽크를 하는 슈슈라면 어떻게든 전위도 맡을 수 있을 거다.

◆아코 : 남매는 탱커…… 저는 그 뒤에서 회복…….

◆루시안 : 저기, 이상한 부분에서 어둠에 잠기지 말아줄래?

슈슈가 나를 회복해주면 그건 그것대로 화낼 거잖아?

◆슈바인 : 크크큭. 각오해라, 클라우드. 격의 차이를 보여주마.

◆†클라우드† : 내가 할 말이다. 전 고양이공주 친위대 필두를 얕보지 마시지?

◆고양이공주 : 그런 칭호 인정한 적 없다냐!

그렇게 해서, 8인 파티로 천년 벚나무 던전에 돌입했다.

이번에야말로 막히지 않고 인스턴스 던전에 진입했다.

필드 던전과 달리 우리밖에 없는 던전 내부는 벚나무 안인데도 대량의 벚꽃이 흩날리는 터무니없는 공간이었다.

◆슈슈 : 예쁘다~.

◆아코 : 예쁘네요~.

◆애플리코트 : 입학을 축하하기에 어울리는 광경이로군.

아름다운 그래픽에 눈을 빼앗긴 우리와 달리, 두 사람은 곧장 안으로 나아갔다.

◆†클라우드† : 던전은 전력 돌격, 전력 돌파! 당장 보스와 결판을 내러 가자!

◆슈바인 : 네놈, 퍼스트 어택의 어그로 보너스를 노리는 거구나! 비겁하다, 거기 서!

◆루시안 : 어이, 처음 온 던전이니까 돌진하지 말라고.

그렇게 말한 직후, 던전 안으로 무방비하게 돌진한 슈가―.

◆슈바인 : 끄어어어어어어억!

아아, 역시. 갑자기 쓰러진 거목에 깔려버렸다.

◆아코 : 슈가 죽었어요!

◆슈바인 : 안 죽었어. 멋대로 죽이지 마! 힐, 힐!

◆고양이공주 : 그래그래, 하이 힐이다냥.

◆슈바인 : 큭, 클라우드 녀석, 벌써 저렇게 앞으로 가 있다니!

이미 클리어한 적이 있는지, †클라우드† 씨는 휙휙 함정을 피하면서 나아갔다.

◆루시안 : 으음. 하지만 괜찮겠지.

◆슈바인 : 뭐가? 저거 이제 못 쫓아가잖아.

◆루시안 : 그야…… 저기 봐. 돌아오잖아.

◆†클라우드† : 우오오오오오오오오!

던전 안쪽에서 †클라우드† 씨가 굉장한 기세로 돌아왔다.

그 뒤쪽에서는 대량의 몬스터가 달려들고 있었다.

◆루시안 : 어차피 몹이 있을 테니까.

◆슈바인 : 꼴좋다ㅋ

◆†클라우드† : 그보다 타깃! 타깃 따와 줘!

익숙하지 않은 편성이라 좌충우돌하긴 했지만, 원래부터 천년 벚나무 던전은 그리 고난도가 아닌지라 무사히 최하층까지 도착할 수 있었다.

◆슈바인 : 이 녀석의 어그로를 누가 많이 버는가의 승부였지?

◆†클라우드† : 고양이공주 씨의 이름을 걸고, 나는 지지 않아!

◆아코 : 멋대로 이름을 걸었는데요.

◆고양이공주 : 내 뜻은 아니다냥!

꼬리를 움찔거리면서 화내는 고양이공주 씨를 제쳐놓고, 두 사람의 싸움이 시작됐다.

아니, 두 사람의 싸움이라기보다는—.

◆루시안 : 지금 깨달은 건데, 가장 큰일인 건, 진심으로 나서는 대검 두 사람한테서 메인 타깃을 유지해야 하는 나 아니야?! 타깃이 튀면 그대로 죽잖아?

◆애플리코트 : 그럼 스타트다!

◆루시안 : 좀 들으라고!

◆슈바인 : 우오오오오오!

◆†클라우드† : 이야아아아아아압!

아앗, 두 사람 모두 보스에게 돌격했어!

기다려, 타깃! 아직 타깃 안정되지 않았다고! 어그로가 너무 쌓이면 타깃이 튄다니까!

◆†클라우드† : 좋았어! 퍼스트 어택은 나다!

FA를 딴 클라우드 씨가 외쳤다.

퍼스트 어택은 어그로 보너스가 있으니까 어그로 승부에서는 따두면 유리해지지만, 보통은 탱커에게 양보하는 거 아냐?!

◆슈바인 : 전력인 이 몸을 얕보지 말라고! 먹어라, 이 녀석 한정의 최강무기! 쿼드러플 피그 슬레이어 투핸드 소드의, 램페이지 소드!

◆슈바인 : (´·ω·`) 오홋!

우와아아앗, 엄청난 대미지가 떠서 타깃이 튀었어어어어어어!

◆루시안 : 잠깐 잠깐 뭐야! 그 돼지 특공 인첸트를 네 번이나 바른 초 정신 나간 무기! 무슨 대책으로 만든 거냐고!

◆슈바인 : 피그맨인 게 뻔하잖아!

◆루시안 : 피그맨 보스는 게임에 몇 마리밖에 없다고! 돼지 취급에 신경 써서 쓸데없는 것 만들지 마!

◆슈바인 : 지금 쓰고 있으니까 쓸데없지 않다고! 자자자자 뭐하는 거냐 클라우드 양반!

◆†클라우드† : 물러 터졌군! 피그맨은 대(大) 대미지 다운

으로 엉덩방아를 찧었을 때 모든 공격이 크리티컬로 들어가지! 네 대미지로 다운된 이 타이밍에 큰 기술을 넣는 것이 프로의 테크닉이다!

◆슈바인 : 이 겁쟁이 자식! 클라우드의 이름이 운다!

◆†클라우드† : 너와 달리 나는 이름 같은 것에는 흥미가 없거든.

◆슈바인 : 엄청나게 흥미 있잖아아아아아!

그렇게 내가 노력하고 있는데, 다른 녀석들은 뭘 하고 있었느냐 하면…….

◆세테 : 무땅도 조작해서 같이 광역 공격을 피하는 거 할 수 있게 됐어~.

◆고양이공주 : 잘 했다냐. 후반 던전에서는 필수 테크닉이 된다냐, 두 개체 동시 조작에 익숙해지라냐.

◆애플리코트 : 노타임으로 스킬을 연타하면서 결코 MAX DPS는 내지 않는, 이것이 바로 힘을 뺀 던전 테크닉이다.

◆아코 : 힘을 뺐다고 들어서 찾아왔어요.

◆슈슈 : 거, 거기에 반응하는 거야?

◆루시안 : 에잇, 느긋하게 놀고 있기느으은!

타깃이야. 나한테 타깃을 넘겨! 대검한테 어그로 수치로 질 수는 없지이이이이이!

10분 후. 꾸우우우우울 하는 비통한 비명소리와 함께 피그맨이 쓰러졌을 때, 가장 많이 어그로를 모은 것은—.

◆애플리코트 : 승자, 슈바인!

◆슈바인 : 해냈다고오오오오오!

시종일관 메인 탱커인 나와 어그로 수치를 경쟁하던 슈였습니다.

◆†클라우드† : 말도 안 돼…… 내가 지다니…… 어째서냐…… 도대체 왜…….

◆슈바인 : 무기 탓이겠지.

◆†클라우드† : 하긴.

명백하게 영문을 알 수 없는 특화 무기를 든 슈바인이 강했다.

보스를 돼지로 고른 건 선택 미스였다는 뜻이겠지.

◆†클라우드† : 이번에는 졌지만, 다음에는 내가 이기겠어.

◆슈바인 : 언제라도 와라. 네가 특기인 보스로 상대해주지.

두 사람은 굳은 악수를 나눴다.

그야말로 사나이의 우정이라는 느낌이다.

—이 광경에, 화면 너머의 세가와가 쓸데없이 흥분했을 것 같았다.

◆†클라우드† : 아, 돼지라고 부른 거, 진짜로 신경 쓰고 있다면 미안.

◆슈바인 : 거기서 원래대로 돌아가지 말라고. 신경 안 써.

사과를 받자 반대로 슈가 곤혹스러운 모양이었다. 들으면

화는 내지만, 계속해서 화내지는 않는 녀석이다.

◆애플리코트 : 그럼 보스도 쓰러트렸겠다, 벚나무던전 파티는 여기까지로 할까.

◆슈슈 : 네~.

◆루시안 : 그럼 해산인가.

◆†클라우드† : 아, 그 전에 너희들.

그때, 클라우드 씨가 우리를 불러 세웠다.

◆†클라우드† : 너희 길드, 길원 모집 안하냐?

◆루시안 : 하기는 하지만 아무도 안 들어오던데.

◆†클라우드† : 호오.

†클라우드† 씨는 흠흠 하고 고개를 끄덕인 뒤, 마스터 쪽을 보며 말했다.

◆†클라우드† : 그럼 나도 넣어줘.

◆애플리코트 : 음. 앨리 캣츠에 가입을 희망하는 건가.

◆†클라우드† : 그래. 지금 어느 길드에도 들어가 있지 않으니까.

듣고 보니, †클라우드† 씨에게는 길드마크가 없었다.

◆루시안 : 친위대는 괜찮나요?

◆†클라우드† : 평범하게 해산했으니까. 성은 관리하고 있지만.

아아, 그 고양이공주 기념 성인가.

그럴싸한 성이니까 지금은 누구나 들어갈 수 있는 프리

스페이스로 변해서 정기적인 이벤트가 열리고 있다.

◆애플리코트 : 해산한 뒤에, 다른 길드에는 들어가지 않았던 건가.

◆†클라우드† : 친위대가 해산한 뒤에 원래 길드로 돌아가려고 했는데 말이지.

◆고양이공주 : 돌아가지 않았던 건가냐?

고양이공주 씨가 걱정스레 묻자 †클라우드† 씨는 고개를 저었다.

◆†클라우드† : 언제나 보이스 챗을 주고받고 있으니까, 같은 길드에 있을 의미가 그다지 없거든ㅋ

◆루시안 : 아무래도 좋은 이유!

그럼 아무 문제도 없는 건가.

◆애플리코트 : 흠. 다들 어떻게 생각하나?

마스터가 길챗으로 물었다.

◆세테 : 나는 괜찮다고 생각하는데? 어차피 부원을 늘리잖아. 길원도 늘리는 편이 좋아.

◆슈바인 : 부원과 길원은 다르잖아.

◆세테 : 예행연습 같은 거 아닐까?

세테 씨가 생글거리며 말했다.

◆슈바인 : 외부 사람이 너무 늘어나면, 신상이 털릴 위험이 늘어날 것 같은데.

◆루시안 : 그건 오히려, 게임 안에서 현실 이야기를 너무

많이 한다고 생각해야 하는 거 아냐?

　◆아코 : 게임에서 현실 이야기를 하면 안 되나요?

　◆루시안 : 안 되는 건 아니지만, 조심하기는 해야지.

　바깥사람이 늘어나면서 현실과 게임을 제대로 구분할 수 있게 될지도 모르고.

　아코를 생각해도 좋은 생각인 것 같다.

　◆루시안 : 응. 괜찮지 않을까? 인성도 알고 있으니까.

　적어도 고양이공주 씨가 있는 한, 문제를 일으키지는 않을 것이다.

　◆세테: 그러게.

　◆슈바인 : 뭐, 내 라이벌로는 나쁘지 않지.

　◆고양이공주 : 매번 이 상태로 경쟁하면 곤란하다냐.

　고양이공주 씨는 쓴웃음을 지으면서도 반대할 낌새는 아니었다.

　◆루시안 : 아코도 괜찮아?

　◆아코 : 클라우드 씨는 꽤 익숙하니까, 괜찮아요.

　그럼 전원 일치로 가입하는 걸로―.

　◆루시안 : 오케이, 들어와요. 환영합니다.

　◆†클라우드† : 미안하군.

　◆슈바인 : 괜찮아.

　▶†클라우드†가 가입했습니다.◀

　메시지와 동시에 길드 멤버 일람에 †클라우드† 씨의 이름이 추가되었다.

고양이공주 씨 이후에 들어온 앨리 캣츠의 신 멤버다.

부원은 늘지 않는데, 어째서인지 길원만 늘어버렸다.

†††   †††   †††

"이야~, 어제는 즐거웠어!"

다음날 아침, 세가와가 교실에서 그야말로 신바람을 내며 말했다.

"그야 너, 마음껏 날뛴 데다 이겼으니까."

"이런 일이 있을 줄 알고, 라는 상황도 만들었고요."

쿼드러플 피그 슬레이어를 쓸 기회는 절대 두 번 다시 없을 거다.

"하지만 인원이 늘어나니 즐겁네요. 합숙 때의 12인 파티가 떠올랐어요."

"그런 거, 좀 더 하고 싶은 생각은 들지."

우리는 기본이 4인 파티인지라 대인원 파티는 신선해서 즐겁다.

"그렇게 생각하니까 부활동 권유도 의욕이 생겼어. 어제 일로 나는 자신감을 가졌다고."

세가와는 훗훗훗 하고 기운차게 웃었다.

"기다리라고, 현실에서도 내 라이벌을 데려올 테니까."

그런 소리를 할 정도로 세가와는 자신만만했다.

그리고 놀랍게도 그 말대로, 그날 방과 후.

"데려왔어!"

"안녕하세요~."

세가와가 체험 입부할 1학년을 데려왔다.

"진짜로?! 정말로 데려온 거냐!"

"실은, 얼마 전부터 깨작깨작 연락하고 있었거든."

세가와가 호호호 하고 가슴을 폈다.

그렇군, 아침 시점에서 이미 사전 준비는 다 해놨다는 건가.

게다가 얼마 전이라는 말을 듣고 잘 보니, 어디선가 본 적이 있는 아이였다.

교칙 위반에 아슬아슬할 정도로 갈색으로 물들인 머리와, 선생님에게 혼나지 않을 한계라는 느낌의 화장을 한, 1학년 치고는 꽤나 멋들어진 용모. 엄청 낯익었다.

"아, 안경 세가와 때."

"맞아맞아."

처음 말을 걸었던 아이인가. 용케도 잡아왔네.

"그래서, 얘는 체험 입부를 와 준 멜로디아야. 잘 부탁해."

"1학년 2반, 마츠다 멜로디아예요. 잘 부탁해요~."

1학년 아이는 헤실헤실 웃으며 말했다.

……………멜로디아?

"멜로디아라니, 뭔데."

"소리 음(音)에 층계 계(階)라고 쓰고, 멜로디아. 내 이름인데~."

"……본명이라고?"

"물론."

물론, 이라고…….

마츠다 멜로디아, 입니까.

"뭐랄까…… 유니크한 이름이네."

"그렇죠? 엄청 맘에 든다니까~."

꽤나 반짝반짝한 이름인데, 본인이 만족한다면 넘어갈까.

그리고, 멜로디아를 엄청 무서워하는 사람이 한 명.

"안 돼요 안 돼요 안 돼요 안 돼요."

무엇을 숨기랴, 내 신부입니다.

내 뒤에 몸을 통째로 숨기고 거의 멜로디아를 보려 하지 않았다.

이건 아키야마 때를 뛰어넘는 공포인데.

"그렇게 무서워? 꽤 느긋한 아이 같은데."

"그럴 리 없어요! 열흘 후에는 저를 괴롭힐 거예요."

"현실적인 숫자 그만둬."

실제 경험인 건가. 그런 건가.

"그럼, 아무튼 체험을 해보기로 하고, 거기 앉아."

"네~."

세가와가 멜로디아를 앉혔다.

평소에는 고양이공주 씨가 쓰는 자리다.

"그럼 니시무라, 로그인 해봐."

"상관은 없는데, 왜 내가?"

"됐으니까 빨리. 그리고 거기 서봐."

지시대로 루시안을 이동시켰다.

"그리고 실드 가드 모션 고정 부탁해."

"오냐."

루시안이 허리를 스윽 낮추고, 방패를 든 자세로 멈췄다.

그리고 그 나중에 찾아온 세가와의 슈바인이—

"여기서, 이렇게!"

대검을 비스듬하게 들어 올리면서 마찬가지로 멈췄다.

왠지 모르게 좋은 장면에 나올 법한 포즈다.

"……어때?"

"이거 괜찮네!"

"그렇지! 그 공식 그림, 흔해빠진 구도지만, 화면으로 봐
도 빠져들겠지? 전투 중이나, 움직이는 도중에 때때로 멋들
어진 장면이 나오기도 해서 눈을 뗄 수 없다니까!"

"기대된다! 아카네 선배, 잘 안다니까~!"

……뭔가 이야기가 통하고 있네. 세가와 and 멜로디아.

"저래도 되는 건가……."

"아카네는 저런 후배를 갖고 싶었던 거구나."

"후배라는 분위기는 아니다만."

마스터는 으~음 하고 복잡한 표정을 보였다.

그렇지. 평범한 친구라는 느낌이라, 선후배 같은 벽이 느껴지지 않았다.

"이대로 가면 입부하는 걸까요?"

아코가 조심조심 상황을 엿보면서 무서워하는 목소리로 말했다.

"세가와가 보살펴준다면, 문제 없……다고 할 수는 없나."

"무서워요오."

솔직히 나도 그리 대하기 편한 타입은 아닙니다. 무섭습니다.

그렇지만 두 사람이 잘 풀어가고 있는데 돌아가 달라고 할 수는 없다.

아코와 함께 유심히 상황을 살폈다.

"자, 이걸로 계정 등록 끝. 이제 이걸 기동해서—."

"이제 캐릭터 만들 수 있어? 너무 길다~."

"그래그래. 지금부터가 진짜야."

이야기를 나누는 사이 두 사람은 캐릭터 메이킹에 들어간 모양이었다.

"이제 캐릭터 메이킹인데, 꽤 폭이 넓어. 여기서부터 얼굴, 이쪽이 세세한 체형, 피부색도 상세하게 정할 수 있으니까—."

"하지만 먼저 이거지~."

세가와의 설명을 끊은 멜로디아가 마우스를 클릭했다.

"일단 여자로 만들어야~."

"······뭐?"

"······어?"

세가와와 멜로디아가 의아한 듯이 서로를 바라봤다.

"왜 여자로 하는데? 남자로 만들어야 하잖아?"

"뭐어~? 여자로 만들지 않으면 의미 없잖아?"

어이쿠, 뭔가 착오가 발생하기 시작했는걸.

"평범하게 생각해서, 이런 좋은 우정을 앞에 두고 여캐로 들어간다니, 영문을 모르겠는데?"

조금 미소가 굳어진 세가와가 마우스를 빼앗았다.

"자기가 여자가 아니면 의미 없잖아~? 남자라니 말도 안 되지 않아?"

멜로디아 쪽도 뺨을 실룩실룩하며 다시 빼앗았다.

"설마, 멜로디아····· 꿈여자(夢女子)?"#8

"아카네 선배····· 부녀자(腐女子)?"

그렇게 서로를 빤히 노려본 뒤—

"아니아니, 꿈이라니 그건 좀 아니지! 끼어들 생각이야? 이 두 사람 사이에? 분위기를 너무 못 읽잖아! 그게 뭐가 좋다고?!"

"보고 있을 뿐이라니 더 의미 불명이잖아! 이 두 사람이랑 얽히고 싶다고 생각하지 않아?!"

#8 꿈여자 일본어로 夢女子(ゆめじょし)라고 한다. 작품 속의 등장인물을 좋아해서 자기 캐릭터를 등장인물과 엮어 2차 창작물을 쓰거나 그것을 즐겨 읽는 여자들을 일컫는다. BL장르를 좋아하는 부녀자(腐女子)와는 의미가 조금 다르다.

"한 쪽이 자신인데 어떻게 얽히라는 거야!"

"뭐?! 이 장신 꽃미남 검사가 아카네 선배?!"

멜로디아는 눈앞의 세가와와 모니터의 슈바인을 보고는 딱 한 마디를 내뱉었다.

"풉."

"돌아가아아아아아아아아아!"

"잠깐, 진정해 세가와!"

"자자, 워워."

아키야마와 둘이서 세가와를 진정시키기 위해 끼어들었다.

설마 이런 영문 모를 일로 싸우게 될 줄이야.

"아아, 조금 맞지 않아서, 돌아갈게요~."

멜로디아가 재빨리 부실을 나갔다.

"소금 어딨어! 소금 뿌려! 두 번 다시 오지 마!"

세가와는 분노를 거두지 않았다.

뭐야, 어떻게 된 거야?

"왜 싸우게 된 걸까요?"

아코가 조금 불안한 얼굴로 고개를 갸웃했다.

나도 전혀 모르겠어.

"설명하면 길어지는데…… 그, 꿈여자라든가, 꿈 계열이라는 파벌이 있거든."

"흐음?"

"그 아이들은, 이런 이상적인 남자들 사이에 자기가 끼어들고 싶다고 말하는 녀석들이야."

"평범하잖아."

"……평범, 하다고?"

"어, 어라? 이상한가?"

그야 좋아하는 사람과 사귀는 상상은 보통 하잖아?

딱히 상대가 2차원이라도 평범하지 않아?

"이러니까 이해력 없는 남자는……."

"나를 디스하는 건 좋지만, 남자들을 한꺼번에 디스하지 는 말아줄래?"

잘못은 내가 했으니까. 남자 전부가 아니라고.

"그럼 알기 쉽게 예시를 들어줄게."

세가와가 화이트보드 앞에 서서 펜을 들었다.

"여기에, 굉장히 귀여운 여자아이가 둘 있다고 치고."

화이트보드에 여자아이라고 적은 동그라미를 두 개 그렸다.

"이 두 사람은 엄청 사이가 좋아서, 보고 있는 것만으로 도 마음이 뿅뿅 한다고 가정할게."

"근사하잖아."

그런 거 좋아한다고.

"그렇지? 하지만 어떤 남자가 말하는 거야. 내가 이 두 사 람 사이에 들어가서 어울렸으면 좋겠다— 라고."

여자아이와 여자아이 사이에 크게 『남자』라는 글자가 적 혔다.

대, 대체 무슨 짓을! 이래선 다 엉망이잖아!

"웃기지 마! 그런 행복한 공간에 끼어들어서 박살내려 들다니, 그게 사랑일 리가 있냐! 잠자코 보고 있어!"

"그렇지? 그렇지?! 그런 거라고!"

"네 분노, 잘 알겠어!"

그래, 이건 용납할 수 없지!

세가와가 화내는 것도 이해할 수 있다.

"하지만 루시안."

그때 아코가 화이트보드로 다가갔다.

"이렇게 하면, 어떤가요?"

그리고 『남자』라는 커다란 글자를 지우고, 대신해서 『루시안』이라고 적었다.

호오…… 내가 귀여운 여자아이 둘 사이에 끼어드는 건가.

"이거라면…… 괜찮을지도……."

"죽어! 이 이단자!"

"조금은 좋겠다고 생각하는 건 어쩔 수 없잖아!"

"루시안은 이단자라기보다는, 그저 절조가 없는 게 아닐까."

"마스터까지 말이 심하잖아!"

그리고 아코! 몰래 화이트보드에 쓴 것들 전부 지우고 아코 하트 루시안이라 적지 마!

"아무튼, 사정은 알았어. 아쉽게 됐네. 세가와."

"실패했어. 역할 연기파를 이해하지 못하는 아이에게 권하

다니, 내 평생의 불찰이야."

겨우 세가와가 진정했다.

제작 중이었던 캐릭터를 지우고, 절래절래 고개를 저었다.

"아~. 모처럼 이 부활동에 부족한 조각을 채울 수 있겠다고 생각했는데."

"······부족한 조각?"

왠지 신경 쓰이는 말이었다.

이 부활동, 부족한 게 있었던가?

"세가와. 지금 부활동에 불만이 있었어?"

"딱히 그런 건 아니야."

말은 그렇게 하면서도 세가와는 조금 미련이 남는다는 듯이 문을 바라봤다.

"그저 조금 더, 내 동지가 있었으면 좋겠다고 생각해서."

동지라······. 확실히 이 부활동에는 세가와의······ 그게, 저기, 그쪽 의미의 동지는 없었지.

평소에는 밖으로 배출하지 않고 있지만, 뒤편에서는 부족함을 느끼고 있었을지도 모른다.

그야말로, 평소의 일상 속에서 숨은 오타쿠로 살고 있는 것처럼······.

"그럼 아카네가 데려온 아이는 안 된 거구나."

그런 생각을 하던 중, 아키야마가 싱글벙글 웃으며 손뼉을 쳤다.

"어쩔 수 없네…… 내 희망은, 너희에게 맡기겠어."

멜로디아 탓에 완전히 타버렸는지, 세가와는 지친 목소리로 말했다.

"맡겨둬라. 내 카리스마로 부원을 모아보겠다."

"마스터는 너무 지나치게 하지 말라고."

가끔 보여주는 쓸데없는 행동력에 제지를 건 세가와에게, 마스터는 웃으며 단언했다.

"열심히 노력해보마!"

"지나치게 하지 말라니까!"

††† ††† †††

그 후 며칠 동안 계속해서 부원을 찾았다.

아침의 전단지 배부도 나눠주는 부가 줄어들어서 조금 시들시들해졌다.

다들 입부 희망자를 찾지 못했고, 아쉽게도 부원은 늘어나지 않았지만― 무슨 영문인지 길원은 늘어났다.

▶디가 가입했습니다.◀

▶바소가 가입했습니다.◀

▶†붉은 암살자†가 가입했습니다.◀

▶너구리 사부가 가입했습니다.◀

아니, 엄청 늘어났다.

◆디 : 안녀~엉ㅋㅋㅋ

◆바소 : 실례하마ㅋ

◆†붉은 암살자† : 너희들이 우리 쪽으로 들어오지 않는다면, 내가 대신 들어가 주는 것도 괜찮겠지.

◆너구리 사부 : 구리이.

†클라우드† 씨가 가입한 뒤, 그럼 자기도 들어가고 싶다는 사람이 점점 늘어났다.

아는 사람들뿐이라 평범하게 넣어줬지만, 이렇게 엄청 늘어날 줄은 몰랐다.

◆아코 : 잘 부탁합니다~.

◆디 : 아코 안녀~엉ㅋㅋㅋ

◆세테 : 안녀~엉!

◆너구리 사부 : 구리!

◆고양이공주 : 냐앗!

◆슈바인 : 그 인사는 유행하지 않고, 유행시키지도 않을 거야.

뭐, 디 씨와 너구리 씨는 상관없지만, 남은 두 사람—.

◆루시안 : 바츠 씨하고 검은 마술사 씨, 원래 길드는 괜찮나요?

◆바소 : 이거 서브인 바소거든ㅋ 어차피 지금은 할 일도 없으니까 괜찮아 괜찮아.

◆†붉은 암살자† : 이 캐릭터는 대인용으로 기르고 있었

는데, 친구들하고 레벨이 안 맞았거든. 오히려 이쪽에서 기르고 싶어.

　◆루시안 : 그럼 상관없지만.

발렌슈타인도 TMW도, 서버에서는 꽤나 이름이 알려진 길드인데…….

왜 그 마스터가, 그것도 둘이나 평범한 멤버로 들어오는 거야?

　◆애플리코트 : 그럼 환영회다. 어디 나가보도록 할까?

　◆루시안 : 진짜로?

너구리 사부는 탱커 캐릭터니까, 나와 너구리 씨가 콤비로 탱킹하라는 건가.

　◆루시안 : 던전 달리기 특훈의 괴로운 추억이 되살아나…….

　◆너구리 사부 : 얼마나 늘었는지 봐주겠다구리.

　◆루시안 : 싫〜어〜.

　◆아코 : 한심한 루시안은 오랜만이네요.

　◆세테 : 평소에는 믿음직한 메인 탱커인데 말이지.

그치만 나보다 너구리 씨가 훨씬 단단하다고.

압박감이 든다니까.

　◆†붉은 암살자† : 나와 바소로 암살 2다. 기습이 유용한 곳으로 가자.

　◆바소 : 샤키〜잉ㅋㅋㅋ

◆아코 ; 그거 그만둬주세요! 트라우마라고요!

왁자지껄 떠들면서 환영회를 하러 갔다.

인원이 늘고 채팅도 왕성해져서 길드 쪽은 최고로 좋은 상황이었다.

그러나, 현실은 그렇지 않았다.

"이상하지 않나."

신입부원이 올 기색이 없는 부실에서 마스터가 불만스럽게 말했다.

"서버 톱클래스에 위치하는 길드의 마스터가 멤버로 들어오고 싶어 한다. 우리는 어딜 봐도, 게임 안에서는 하이 카스트다. 어째서 입부희망자가 오지 않는 거냐."

"그러게."

세가와도 수긍했다.

그건 나도 동감이다.

늘어나는 길원으로 알 수 있듯이, 우리는 게임 안에서는 카리스마가 넘칠 것이다.

"……새로운 직업 업뎃이 연기돼서 한가함을 주체하지 못한 나머지 놀러왔을 뿐이라는 가능성을 제외하면, 우리는 인기인이겠지."

"알고 있으니까 말하지 마."

"진심으로 가입한 건 아닌 거네요."

"업데이트 이후에는 서브로 로그인할 경황이 없어질 테니까."

메인 캐릭터가 아닌 서브 캐릭터니까.

친구 길드에 서브도 넣어둔다는, 그것뿐인 이야기다.

그렇다 해도, 현실하고는 큰 차이라고.

"현실에서도 조금 더 인기가 있더라도 이상하지는 않을 텐데 말이지."

"이상하네요."

으~음 하고 머리를 감싸 쥐었다.

해볼 수 있는 일은 이것저것 다 해봤는데, 더 이상 뭘 어떻게 해야 하는 걸까.

"하지만 길드 마스터로서, 나의 카리스마는 증명되었다. 나머지는 우리답게 할 뿐이다!"

"……뭘 하는 건가요?"

"당연히, 연설이다!"

마스터는 그렇게 말하며 부실을 뛰쳐나갔다.

몇 분 후, 딩동댕도~옹 하는 종소리가 울렸다.

『학생회장인 고쇼인 쿄우다. 부활동 도중에 미안하다만, 잠시 내 이야기를 들어줬으면 좋겠다.』

"우와, 마스터가 권력을 행사했어요."

"진심으로 모집하려는 거구나."

방송까지 써서 모집할 줄이야. 진짜로 전체 채팅이네.

『우리는, 너의 열의를 원하고 있다!』

"······이 모집으로 오기는 할까?"

"글쎄요······?"

"어떠려나~."

우리는 얼굴을 마주하며 한숨을 내쉬었다.

그런데 우리의 걱정과는 반대로—.

다음날, 놀라운 일이 벌어졌다.

"그럼, 오늘 부활동 말이다만."

"지금부터 클라우드 대책을 세우는 건 어때?"

"너는 오늘도 붙을 셈이냐."

"그치만 그 녀석, 분명 패하고 나서 그대로 끝내지 않을 타입이잖아! 기대된다니까!"

"아카네는 얼마 전에 지고 나서도 또 했잖아?"

"저는 남들과 싸우는 거 싫어요······."

그런 이야기를 하는데, 똑똑 노크소리가 들렸다.

"······어?"

"무슨 소리 안 들렸어?"

똑똑.

다시 한 번, 노크소리가, 들렸다.

"······."

"선생님은 노크하지 않지?"

"그랬을 거예요."

"그렇다면, 설마— 입부 희망자인가!"

덜커덩 소리를 내며 의자에서 일어난 마스터가 문으로 향했다.

진짜로? 진짜로 입부 희망자가 왔어?

"얼굴 씻을 시간 있나?!"

"루시안. 리본이 틀어지지 않았나요?!"

"나도 머리 다듬을 테니까!"

"다들, 그렇게 긴장하지 않아도 되는데……."

긴장하는 게 당연하잖아!

지금까지 한 명밖에 안 왔었는데!

"열어도 될까?"

기분 탓인지 마스터가 떨리는 목소리로 말했다.

우리도 고개를 끄덕이며 대답했다.

"그럼……."

드르륵, 문이 열렸다.

"아, 안녕하세요!"

복도에는, 안경을 낀, 성실해 보이는 1학년 여자아이가 있었다.

"어어, 너는, 입부 희망자라고 봐도 될까?"

안경 쓴 여자아이는 반짝반짝 빛나는 눈으로 마스터를 올려다보고는—.

"네, 입부 희망하고 있어요! 잘 부탁드립니다!"

그렇게 말하며 고개를 숙였다.

"오오오오, 정말로 입부 희망자야."

내가 작은 목소리로 말하자 세가와도 작게 속삭였다.

"나는 말을 못 거는 타입이야."

확실히, 리얼충 같은 느낌은 들지 않는다.

아키야마와 다른 의미로, 반장을 할 것 같은 아이다.

"저도…… 왠지 루시안과 상성이 좋아 보여서, 환영은 못 할 것 같아요."

그건 대체 무슨 판단기준이야? 아코.

"흐~음…… 으~응?"

아키야마는 의문부호를 띄웠다.

그녀에게는 뭔가 위화감이 느껴졌던 건가?

"그럼, 들어와다오."

"네. 실례합니다!"

1학년은 긴장한 모습으로 부실에 들어왔다.

"어, 그게……."

그녀는 화이트보드 앞에 서서 우리 쪽을 돌아봤다.

"1학년 5반. 타카이시 료카입니다."

이쪽이 뭔가 말하기 전에 자기소개를 시작했다.

뭐지, 이 성실하면서도 유능하고 활발한 아이.

온라인 게임부에는 조금 오버 스펙 아닐까?

그녀는 힐끔 마스터에게 시선을 보내며 입을 열었다.

"저, 회장님의 이야기에 감동해서 여기로 왔어요. 성실한 사람이, 노력하는 사람이, 진지한 사람이 바보 취급 받은 건, 그건 납득할 수 없다고 줄곧 생각해서…… 열의를 원한다는, 그런 말을 들은 것이 정말로 기뻤거든요."

마스터의 권유를 듣고 와준 아이였나.

그렇구나. 나한테는 어렵게 느껴졌던 그 호소가 마음에 닿은 사람도 있는 거구나.

마스터의 카리스마, 얕볼 수 없겠어.

"그런가…… 고맙다. 이보다 더 기쁜 일은 없다."

"설마요. 저는 이제 갓 입학해서 모르는 것들이 많아요. 기대에 응할 수 있을지는 모르겠지만, 열심히, 진심으로 노력하겠습니다."

그러니까—.

"저를, 학생회에 넣어주세요!"

…………．

뭐? 라고 말하지 않았던 것은, 나를 대신해서 마스터가 말했기 때문이다.

"……뭐?"

"……네?"

어리둥절하게 서로를 바라보는 두 사람.

"학생회라니, 무슨 소리냐?"

"어, 그치만…… 회장님이 모집하셔서……."

"여기는 현대통신전자 유희부의 부실이다."

"현대…… 네?"

『?????』하고, 머리 위에 대량의 퀘스천 마크를 띄운 입부희망자.

그때 아키야마가 킥킥 웃으며 말했다.

"있잖아, 쿄우 선배가 모집한 건 학생회가 아니야. 게임으로 노는 부활동이야."

"어…… 에에, 에에에에엑?!"

"확실히 마스터, 현대통신전자 유희부의 이름은 한 마디도 꺼내지 않았었지."

"그 열의를 고려하면, 학생회 모집이라고 생각하겠네……."

실제로 우리 반 애들은 착각하고 있었다.

하긴, 착각해서 와버리는 사람도 있을 수 있나.

"쓸데없는 기대를 갖게 해서 미안하다. 학생회는 기본적으로 선거로 뽑힌 이들 말고는 참가할 수 없거든. 하지만 너 정도의 열의가 있다면, 반드시 다음 선거에서 당선할 수 있을 거다."

"그, 그래도, 그 선거에서 회장님은 은퇴하시잖아요?"

"나는 3학년이니 말이다. 머지않아 은퇴하지."

"저는 고쇼인 선배를 동경해서 찾아온 거예요. 여기가 학생회가 아니라도, 모쪼록 견학하게 해주세요!"

"오, 오오오오!"

성실한 아이다!

"그럼, 우리 부의 활동에 대해 설명하마!"

괜찮을까? 오히려 너무 성실해서 따라갈 수 있을지 걱정되는데……

"─이것이 대략적인 내용이다."

"네."

그럭저럭 미화된, 현대통신전자 유희부의 부활동 내용을 들은 1학년은 진지하게 고개를 끄덕였다.

저기, 그렇게 진지하게 하는 부가 아니거든?

"먼저 네 계정을 만들기로 하자."

"네. 부탁합니다."

빈 컴퓨터에 앉은 그녀 뒤에 선 마스터가 마우스를 움직였다.

겉으로 보면 아름다운 선후배 사이다.

"여기에 필요한 정보를 입력해서 계정을 만든다. 입력은 스스로 해야 하는데, 키보드 입력은 가능한가?"

"천천히라면……"

"상관없다. 조금씩 익숙해지면 된다. 학생회에서도 서류데이터 입력은 하고 있다. 여기서 익숙해지면 나중에 도움이 되겠지."

"네. 열심히 할게요!"

마스터의 말을 전부 곧이곧대로 듣고 있잖아, 괜찮은 걸까?

"내버려 둬도 될까?"

"마스터의 나쁜 부분만 나오지 않는다면, 괜찮을 거라 생각하는데요."

"나쁜 부분이라니, 과금 버릇이잖아? 숨길 수 있어?"

"무리네요!"

명랑하게 포기하지 마. 아코.

"애초에 쿄우 선배의 나쁜 부분은, 좋은 부분이기도 하잖아."

"그렇기 때문에 막지 못하는 거긴 하지."

그렇게 말하면서 보고 있었는데, 거 봐. 역시 시작됐잖아.

"먼저 과금만이라도 해둘까."

"과금…… 돈을 내는 건가요?"

"음. 구입해둬야 할 도구가 몇 가지 있다. 먼저 구입하기로 하자."

"개인 비품 같은 건가요?"

아니, 그 인식은 과연 어떨지…….

불길한 예감이 들어서 지켜보자―.

"우선 습득 경험치 증가의 서, 일단 500개 정도는 사둘까."

"5, 500?!"

느닷없이 엄청난 숫자가 나타났다!

"보통 그 정도 사는 건가요?"

"500권 따위, 진심으로 나서면 몇 달 만에 끝나는 레벨이다. 애초에 남은 숫자를 신경 쓰면서 아이템을 쓰면 불쾌하지 않나. 반드시 남을 숫자를 준비해두는 편이 정신위생상 좋은 법이지."

"그, 그런 건가요……?"

"나머지는 아이템 드롭률, 대미지 증가, 이동속도 증가의 기본 버프를 500개씩, 정련 관련도 일단 확보해두자. 뽑기 티켓도 준비해두는 편이 좋겠군."

"저기…… 그거, 얼마나 드는 건가요?"

양이 늘어나서 불안해졌는지, 1학년이 조심조심 물었다.

"싼 것은 하나에 200엔이다. 비싼 거라도 1500엔 정도 하겠지. 문제없다."

"하나에 200엔을…… 2000개……?"

아아, 표정이 굳어졌어!

"마, 마스터, 진정해! 진정해!"

"딱히 그런 게 없더라도 같이 즐길 수 있다고!"

"맞아요. 저는 거의 돈을 쓰지 않는다고요!"

우리가 필사적으로 만류했다.

하지만 마스터는 불만스럽게 반박했다.

"하지만 쓰는 금액은 열의에 비례하는 것 아니냐. 열의가 있다면, 이 정도는 신경 쓸 만한 액수가 아닐 거다."

"신경 쓸 만한 액수가 아니다……?"

타카이시는 진지하게 화면을 바라본 상태로 굳어졌다.

저, 저기, 괜찮아?

"……죄송해요."

타카이시가 갑자기 벌떡 일어났다.

"왜 그러지? 아직 계정 등록도—"

"저는, 회장님을 따라갈 수 없을 것 같아요."

"뭣, 기, 기다려다오!"

"실례합니다!"

그리고는 몸을 홱 돌려서 뛰쳐나가고 말았다.

아아아앗, 모처럼 와준 부원 후보가!

"가지 말아다오! 타카이시 료카 군! 우리의 과금은 이제부터 시작이란 말이다!"

"저한테는 무리에요!"

마스터의 목소리도 뿌리치고 가버렸다.

"도망쳐버렸네."

"어째서냐. 어째서인 거냐!"

"이유는 확연하다고 생각해."

"그, 그러게요."

처음부터 전력 과금은 못 따라간다니까.

애초부터 학생회에 들어가고 싶었던 아이였으니, 견학해준 것만으로도 고마운 일이라고.

"아직 저 아이는 우리의 단계까지는 도달하지 못했던 거로군…… 유감스럽구나…….”

“저도 마스터의 단계에는 도달하지 못했다고 생각하는데요.”

아무리 아코라도 곤혹스러운 표정이었다.

“하지만, 잘 됐네. 마스터.”

시무룩하게 고개를 숙인 마스터의 어깨를 두드렸다.

“마스터의 열의는 제대로 닿았던 거잖아. 마스터를 동경한다고 했었고.”

“……그건 구원이자, 추가타이기도 하다만. 루시안.”

마스터는 빛을 잃은 눈동자로 나를 바라봤다.

“나는, 나를 동경해서 찾아온 아이를, 실망시키고 말았단 말이다.”

“그건 그럴지도 모르지만…….”

“아아, 좀 더 나를 존경하는 부원이 늘어날 거라 여겼건만…….”

“……존경, 받고 싶었어?”

“음…… 그랬다면 나의 이상에 다가갔을 텐데…….”

“그, 그렇구나.”

우리도 마스터를 존경하고는 있거든?

하지만 평소에는 조금 친근하면서도 얼빠진 사람 같은 취급을 하고 있긴 하지. 그래서 마스터는 그게 불만이었던 모양이다.

부장인 마스터도, 지금 부활동에 불만이 있었구나.

세가와도 그랬었지만, 나는 생각지도 못했다.

"그럼 방금 그 사람, 다시 한 번 말을 걸어보는 게 어때?"

"글쎄다. 무슨 수를 써서라도 모아야 한다면 생각해 보겠다만…… 지금은 그만두자."

마스터는 훗 하고 쓴웃음을 지었다.

"그럼, 쿄우 선배가 권유한 사람도 안 됐다는 거네."

그때, 아키야마가 싱긋 웃으며 말했다.

"……아, 그러고 보니."

"이걸로 두 명은 실패라는 건가?"

"그런 거네요!"

아키야마는 나와 아코를 보며 물었다.

"내가 입부할 때까지, 앞으로 니시무라랑 아코의 부원만 남았네!"

"……책임이 중대하네요."

"이거 곤란하네."

나와 아코는 얼굴을 마주보며 어쩌지, 라고 중얼거렸다.

†††　†††　†††

◆아코 : 모집, 어떻게 할까요?

◆루시안 : 곤란한데.

아코와 게임 속에서 머리를 감싸 쥐었다.

세가와도, 마스터도 부원 모집에 실패해버렸고, 우리만 남겨지게 되었다.

부활동의 존속도 문제고, 아키야마가 입부하는 것도 문제다. 게다가 세가와와 마스터가 부활동에 불만을 가지고 있었다는 것도 조금 신경 쓰여서 여러모로 압박감이 거셌다.

물론 두 사람이 새로운 부원을 찾아올 가능성도 있지만…… 그다지 기대할 수는 없으니까.

◆디 : 음, 모집이 어쨌다고? 길원 찾냐?

이크, 디 씨가 이야기에 끼어들었다.

그랬지, 이제 길드 채팅에서 현실 이야기는 못하게 되었었지.

◆루시안 : 아니, 미안. 이쪽 이야기.

◆아코 : 맞아요 맞아요.

◆디 : 뭐야 그거. 에로하네, 초 에로해.

갑자기 콧김이 거칠어지는 느낌으로 말했잖아!

어디가 에로한데!

◆루시안 : 그 리액션 이상하지 않냐고?!

◆디 : 아니, 부부가 이쪽 이야기라고 말하면 에로한 느낌이 들잖아.

◆바소 : 이 녀석 최악이네.

◆너구리 사부 : 구리.

◆디 : 나는 평범한 거 아냐? ※※에 대해서라고 생각하지

않냐고?

채팅 금지어 필터에 걸리다니, 대체 무슨 위험단어를 말한 거냐고, 디 씨.

◆슈바인 : 그러고 보니 루시안.

◆루시안 : 응?

세테 씨와 함께 사냥을 나갔던 슈가 슬쩍 채팅에 어울렸다. 뭔가 했더니, 이어서 나온 글자는—.

◆슈바인 : 너, 옛날에는 자주 야한 농담도 잘 했는데, 요즘은 묘하게 줄어들지 않았어? 왜 그래? 사춘기냐?

◆루시안 : 네가 할 소리냐?!

누구 탓이라고 생각하는 건데!

어차피 다들 내용물은 남자겠지, 라고 생각해서 야한 말도 했던 시절도 있었지만, 지금은 아무리 생각해도 무리잖아!

◆애플리코트 : 예전처럼, 그날에 발견한 조금 에로틱한 장면에 대해서 뜨겁게 설파해도 된다만.

◆슈바인 : 로그인한 순간, 방금 스커트 무지 짧은 애가 있었어! 같은 소리를 했던 적이 있었지ㅋ

◆루시안 : 그만둬어어어어어어어어어.

그만둬! 내가, 내가 잘못했으니까!

아는 사람 따위는 없다고 생각했었다고!

◆아코 : 그런 미니스커트를 좋아하는 건가요! 보고 싶다면 저를 봐주세요!

◆루시안 : 그건 그때의 나한테 말하라고!

2년 전의 나에 대해서까지는 책임 못 져!

◆루시안 : 당시에는 젊고, 절도가 없었던 겁니다…….

◆고양이공주 : 지금도 충분히 젊다고 생각한다냥.

◆바소 : 아줌마 같은 소리 하지 말라고ㅋ

◆고양이공주 : 아줌.

◆고양이공주 : 냐냐냐냐냣.

아앗, 고양이공주 씨가 기력이 감퇴됐어!

◆디 : 난 오히려 아코는 미니스커트를 빤히 바라보더라도 괜찮은 건지에 대한 부분이 신경 쓰이는데ㅋ

◆아코 : 루시안뿐인 게 뻔하잖아요.

◆디 : 하긴ㅋㅋㅋ

◆루시안 : 아아, 이제 편승하지 마, 이 막장 인간아!

◆디 : 막장 인간입니다～ㅋㅋㅋ

뭐야, 이 추한 채팅!

길챗이 왕성해진 만큼, 영문 모를 대화가 늘어났다.

◆루시안 : 뭐야, 이 카오스.

◆슈바인 : 괜찮지 않아?ㅋ 요즘 이런저런 일이 많아서 루시안의 채팅에 약간 자유가 없었으니까ㅋ

◆애플리코트 : 사람이 늘어난 결과, 딱 좋은 밸런스가 된 게 아닐까?

◆루시안 : 그건, 뭐…….

그야 여자만 있던 길드에 남자가 늘어서, 다들 남자라고 생각했던 시절의 분위기가 돌아온 기분은 들지만.

◆세테 : 그보다 말인데. 루시안은 의외로 엉큼해?

◆슈바인 : 엉큼…… 아니, 옛날에는 숨긴 적이 없었지.

◆아코 : 이 수영복 초 에로해, 하면서 사온 적도 있어요.

◆세테 : 뭐? 그거 자세히 좀.

◆루시안 : 내 흑역사를 자세히 들추지 말아주시죠!

그 이야기 아직도 계속하는 거야?! 이제 내 라이프 포인트는 제로야!

◆아코 : 그래서 제가 입었어요.

◆루시안 : 그만둬! 게임 속에서 입었을 뿐인데 왠지 엄청 쪽팔리잖아!

◆아코 : 게임 바깥에서도 루시안이 고른 수영복이라면 입을 텐데요?

◆디 : 바깥에서도 입는다는 것에 대해 자세히 좀.

◆바소 : 사진 첨부해서 자세히 좀.

◆너구리 사부 : 사진도 붙이지 않고 게시판에 올린 거냐구리?

◆†붉은 암살자† : 마로는 생각했습니다.[#9]

◆아코 : 전원 ※※.

#9 마로는 생각했습니다. 웹사이트 2ch의 아스키 아트 중 하나. 마로란 고대, 중세 일본 귀족들의 1인칭이자 일본의 사극 「미토 고몬」의 악역 이치죠 산미의 별명이다.

◆루시안 : 왠지 필터링이 됐는데, 뭐라 말한 거야 그거?!

두 글자로 금지어라는 시점에서 위험한 소리를 했다는 느낌이 뻔히 드니까 그만둬!

◆루시안 : 좋아, 지금 이야기는 끝! 종료!

◆디 : 에이～.

에이 좋아하시네! 끝이야 끝!

◆고양이공주 : 채팅이 활발한 와중에 미안하다냥. 벚나무 던전이 오늘까지니까 가고 싶다냥. 벚꽃떡 할당량이 끝나지 않았다냥.

◆너구리 사부 : 오케이구리.

◆바소 : GOGO

◆†붉은 암살자† : 벚나무던 탱커@1 힐러@1

◆루시안 : 이 길드에 남은 탱커는 나밖에 없다고.

◆아코 : 힐러도 저밖에 없잖아요.

◆슈바인 : 귀중한 부부구만ㅋ

곤란하게도, 전혀 인원이 늘지 않는 부활동에 비해, 멤버가 늘어난 길드는 꽤나 즐거웠다.

길드가 즐겁고, 다들 같은 반이라 학교도 즐겁다.

솔직히 매일이 꽤나 충실하다. 혹시 나, 리얼충?! 이라는 생각이 들 정도로.

하지만 너무 즐거운 것도 문제인지라…….

"부원 모집에 대해 잊어버리고 있었어."

"완전히 잊고 있었네요."

역시나 오늘도 입부 희망자는 오지 않은 부활동이 끝난 방과 후.

둘이서 돌아가는 길, 우리 둘 모두 곤란한 얼굴을 했다.

매일이 즐겁지만, 그 탓에 이런저런 일들이 뒷전으로 미뤄지고 말았다.

"현실도 게임도 즐거워서, 귀찮은 일은 잊어버리기 십상이네요."

"그건 안 되지."

아코의 현실도피가 가속해버리잖아.

아니, 현실이 즐거운 건 좋은 일이지만.

"길드는 사람이 늘어나서 즐거워졌고, 열심히 부원도 모집해야 하지만요……."

아코는 으음으음 하고 고민하면서 걸었다.

"하지만 누구라도 좋은 건 아니니까……."

나도 마찬가지로 고민하면서 옆에서 나란히 걸었다.

부활동 권유 기간도 절반이 지났다.

신입부원이 없는 부는 슬슬 조바심을 내기 시작할 시기라고 생각한다.

물론, 우리도 마찬가지.

"차라리 게임 쪽에서 같은 학교 사람을 찾는 편이 낫지 않을까요?"

"LA 하고 있다고 해서 마음이 맞으리라고는 할 수 없는 데?"

"그건 그렇죠."

정말로 곤란했다.

이대로 부원이 들어오지 않으면, 아키야마가 입부하고 만다.

아니, 딱히 입부한다고 해도 상관없긴 하지만.

아키야마는 분명 마음이 맞는 사람이고, 그녀가 입부하는 대신 신입부원이 없다고 한다면, 그쪽이 더 낫긴 하다.

그보다 신입부원은 딱히 없어도 상관없다고.

"······잠깐, 어라?"

"왜 그러시나요?"

"뭔가 이상하지 않아?"

"예?"

아코가 어리둥절하게 나를 바라봤다.

"그게 말이지. 원래 우리는 부원을 모집하고 싶지 않다고 생각하지 않았어?"

"네. 지금처럼 지내면 좋겠다고 생각했었죠."

그래서 부원을 모집하는 척을 하고 변명을 할 생각이었다.

"그런데 어느 순간부터 진심으로 신입부원을 찾고 있잖아. 어떻게 된 거야, 이거."

"······그러게요. 어째서일까요?"

아코 역시 고개를 갸웃했다.

"처음에는 제대로, 도망칠 길을 찾으려고 고민하고 있었지?"

"네. 그랬다고 생각해요."

"하지만 조금씩 이상한 방향으로 유도된 기분이 들어. 안 돼도 괜찮으니까 일단은 부원을 찾아보자는 이야기가, 꼭 부원을 찾아내자는 식으로 변했어."

"이상적인 부원을 들이자! 라는 기분이 들었었죠."

이런 일이 벌어진 이유는 뭘까.

모르는 사이에 우리의 의지가 유도되고 있었나?

"혹시 누군가의 책략이었다면…… 범인은 누구일까?"

"으~음."

떠올려보자.

이야기의 흐름을 이상한 방향으로 유도하던 사람.

우리에게 부원을 찾게 만들려고 한 사람은—.

—가장 좋은 건, 모두와 마음이 맞는 사람이 입부해주는 거잖아?

—그럼 이 학교 어딘가에 이상적인 신입부원이 있으리라 믿고, 찾아보자!

—아무도 들어오지 않으면, 내가 들어갈게!

—훗훗훗, 세테 씨의 입부를 원하지 않는다면, 열심히 부원을 찾아줘~.

"세테 씨네요."

"아키야마네."

그 사람의 짓이다.

애초에 사람을 유도하는, 그런 짓을 할 수 있는 사람은 우리 중에서는 그녀밖에 없으니까.

"왜 일부러 부원을 모집하게 유도한 걸까?"

"우리를 참인간으로 만들고 싶다거나, 그런 걸까요?"

"그걸 노리는 사람은 고양이공주 씨가 아닐까?"

그 사람도 우리가 부원을 찾는다고 하니까 왠지 기뻐했었지.

"아키야마는 일부러 우리를 유도하고는, 안 되면 자기가 입부한다! 라고 했으니까."

"그렇다면…… 그렇게까지 입부하고 싶었던 걸까요?"

"……왠지 미안한 짓을 했네."

진심으로 입부하고 싶었다면 조금 딱했다.

이번에도, 아무도 안 들어오면 자기가 들어가겠다고 했더니 다들 반대했었고.

"으~음…… 하지만 뭔가 꾸미고 있다는 기분도 들어요. 마침내 최종보스가 우리 앞을 가로막는다, 같은 느낌이요."

"일단 아키야마를 적대시하는 건 그만두자."

"최종보스가 반드시 적이라고는 단정할 수 없잖아요."

"적이라고는 단정할 수는 없지만 싸우는 상대잖아."

전투를 하려는 걸 그만두라고 말하는 거라고.

"뭐, 아무튼 간에, 저는 세테 씨가 입부하지 않도록 부원을 찾을 수밖에 없어요."

아핫, 하고 아코가 힘없이 웃었다.

"아코는 아키야마가 입부하는 게 싫어?"

"그렇지는 않은데요."

아코가 국어책 읽기가 아니라, 태연하게 말했다.

실제로 싫어하지는 않는 것 같은 분위기.

"혹시 정말로 싫다면, 내가 그만두라고 부탁해볼게."

"아뇨아뇨, 정말로 안 되는 건 아니에요. 괜찮아요."

"그럼 상관없지만."

아코는 아키야마를 정말로 싫어하는 걸까?

그건 그것대로 스스럼없는 관계라는 느낌이라, 친한 것처럼 보이기도 한데 말이지.

"하지만, 그 사람은 뭘 위해 부원 모집을 시킨 거지?"

"그걸 전혀 모르겠어요."

"조만간 확실히 캐물어봐야겠다."

"그래야겠네요."

아코가 고개를 끄덕였다.

"게다가, 이런 사람이 동료가 되어준다면 좋겠다, 라고 생각해본 적도 있어서, 저도 이상적인 부원을 찾아볼래요."

"……역시 아코도 원하는 부원이 있는 거구나."

"일단, 이긴 하지만요."

그렇구나. 있는 건가…….

마스터는 열의 있는 후배가, 세가와는 취미를 이해해주는 후배가 와서 엄청 기뻐보였다.

다들 지금의 부활동에 부족한 부분이 있는 거구나.

"아코, 혹시 지금의 부에 불만이라도 있어?"

"아뇨. 루시안이 있다면 그것만으로도 좋은데요?"

"그쪽으로 배려해줄 필요는 없으니까."

나도 아코가 있으면 그것만으로도 좋지만, 그건 다른 이야기니까.

"나는 그다지, 이런 사람을 원한다! 같은 거 없단 말이지. 지금의 현대통신전자 유희부가 이상적이라서, 변했으면 좋겠다고 바라지는 않아."

어쩌면 나는 모두하고는 조금 오차가 있을지도 모른다.

그렇게 생각한 내게—

"……그럴까요?"

"어?"

아코는 진지한 눈빛으로 나를 바라보며 말했다.

"분명 루시안도, 사실은 변했으면 좋겠다고 바라는 게 있다고 생각해요."

"그런, 가? 스스로는 잘 모르겠는데."

"네. 분명 있어요."

아코는 활짝 웃으며 앞을 바라봤다.

여느 때처럼, 느긋하게 발을 내딛는 아코.

어째서일까. 그 뒷모습이, 나를 내버려두고 가버릴 것 같
은, 그런 기분이 들었다.

"……응? 루시안, 왜 그러시나요?"

"아…… 아니, 아무것도 아냐."

나도 모르게 멈췄던 다리를 움직여서 바로 아코를 따라
잡았다.

내가 옆에 설 때까지, 아코는 잠자코 기다려주었다.

3장

"대간부 아코의 권한으로 추방합니다!"

점심시간을 거의 다 써버리는 도서위원 일.

어차피 점심시간은 한가하니까— 라고 생각했는데, 오늘에 한해서는 그렇지 않았다.

교실을 나서기 전, 아코가 이렇게 말했기 때문이다.

"오늘에야말로 누군가에게 말을 걸겠어요!"

즉, 이 순간에도 아코가 1학년 교실을 들여다보고 있을지 모른다. 그렇게 생각하니 좀처럼 진정이 되지 않았다.

어제도 열심히 찾아봤다고 했었고, 문제를 일으키지 않았으면 좋겠는데.

"안녕하세요, 선배."

"안녕."

변함없이 선배 소리에 익숙해지지 않은 것 같은 후배의 인사에 답하고, 옆자리에 앉았다.

오늘도 대여나 반납이 있을 때까지 대기다.

적당히 고른 책을 접수대 안에서 느긋하게 읽었다.

"……."

"…………."

옆에 나란히 앉아있는데…… 조용하다.

하지만 여기는 도서실이다. 원래 떠들어서는 안 되는 곳이니만큼, 대화가 없더라도 신경 쓰이지는 않았다.

평소에 동료들이 꽤 수다를 떠는 편이니까 조용한 게 신선했다.

"……선배."

그때, 옆에 있던 1학년이 접수대 안에서만 들릴 만큼 작은 목소리로 말을 걸었다.

"응?"

"……여동생, 있나요?"

"있는데…… 어라, 미즈키랑 아는 사이?"

그녀는 고개를 살며시 끄덕였다.

그러고 보니 미즈키도 5반이었나. 2학년 5반인 나와 같은 시간대에 일을 하고 있으니까, 이 아이도 분명 1학년 5반의 도서위원일 것이다.

"미즈키는 어때? 잘 지내고 있어?"

"……네."

태연하게 답했네. 어이—.

"……정말로, 잘 지내고 있어요."

그런 내 시선을 깨달았는지, 그녀는 그렇게 덧붙였다.

뭐, 친구 만드는 걸로 실패하는 타입은 아니라고 생각하지만, 오빠로서는 조금 걱정이 된단 말이지.

"그렇구나. 그거 다행이네."

"……."

그리고, 그대로 침묵해버렸다.

뭔가 없나. 여동생에 대한 다른 이야기라든가…….

아코가 마음에 걸려서 진정이 안 되니까, 뭔가 대화를 할 수 있다면 신경을 돌릴 수 있을 텐데.

어쩔 수 없나 싶어서 책으로 시선을 내렸다.

"…………."

"……저기."

"응?"

이번엔 뭔가 해서 옆으로 눈을 돌렸다.

"선배. 뭔가 신경 쓰이는 게 있으세요?"

"어, 왜?"

"안절부절못하는 것 같아서요."

"진짜냐."

그녀는 고개를 끄덕이고는, 조금 위치가 틀어졌는지 안경을 고쳐 썼다.

"그게 친구…… 친구? 가 노력하고 있거든. 가능하면 같이 있어주고 싶어서."

"……."

그녀는 흠, 하는 표정으로 들은 뒤ㅡ.

"가도, 괜찮은데요."

"……어, 괜찮다고? 혼자서 할 수 있어?"

"할게요."

그, 그러냐. 해주겠다는 건가.

"으~음. 미안, 그럼 부탁할게. 다음에는 제대로 할 테니까."

"네."

정말 미안하다는 마음을 담아 손을 맞대고, 도서실 접수대를 나섰다.

믿음직하고 고마운 1학년에게 감사하며, 1학년 교실로 향했다.

"……역시 수상하네."

1학년 교실이 모인 층에서 아코를 발견했다.

미즈키네 반과는 다른 교실을 노리는지, 근처를 우왕좌왕하고 있었다.

그나마 들여다보는 짓은 그만뒀는지, 다리는 멈추지 않지만―.

"…………."

조금 나가더니 빙글 돌아보고, 다시 교실을 보면서 지나갔다.

"………………."

그리고, 또 한참 지나간 뒤에, 다시 돌아봤다.

이미 완전히 수상한 사람이었다.

게다가 교실 안을 빤히 바라보며 걷고 있어서, 제대로 앞을 보지 않는다.

부딪쳐도 모른다— 라고 생각한 바로 그때—.

"꺄앗!"

"으앗!"

툭 하고 앞에서 걸어오는 남자와 부딪쳤다.

아아, 역시나!

"괜찮냐, 아코."

꽈당 쓰러진 아코에게 손을 내밀어서 일으켜 세웠다.

변함없이 가볍다.

"루시안!"

"이런 곳에서 루시안이라고 부르지 마."

그보다 네가 잘못한 거라고.

"너도 다치진 않았어? 미안하네."

"아, 네. 저는 괜찮습니다."

마찬가지로 넘어졌던 남자에게도 손을 빌려줬다.

우와, 손이 작아! 게다가 가녀린데? 자칫하면 아코보다 가볍겠어.

"고맙습니다. 저기…… 선배님이시죠?"

"아아, 응. 2학년 니시무라."

이쪽은, 하고 아코 쪽을 보자—.

"빠~히."

부딪친 남자를 위에서부터 아래까지 빠히 보고 있었다.

일부러 효과음까지 붙여가며.

"저, 저기……?"

곤혹스러운 표정인 그에게, 아코는 손가락을 척 들이댔다.

"당신!"

"네, 네? 저 말인가요?"

어리둥절한 그를 향해 아코가 말했다.

"찾았어요! 저희에게 필요한 건 당신이에요!"

"에에엣?!"

무, 무슨 소리야?!

그리고 방과 후.

"데려왔어요!"

아코는 그 남자를 데리고 부실로 찾아왔다.

정확하게는 아코와 함께 마중을 간 내가 그를 데려왔다.

"설마 니시무라보다 아코가 먼저 찾아올 줄은 몰랐어."

"게다가 남자일 줄이야……."

"나도 놀랐다고."

아마 내가 옆에 없었다면 아코는 말없이 도망쳐버리지 않았을까?

"그래, 이름이 뭐야?"

싱글벙글 보기 좋은 미소를 지은 아키야마가 물었다.

"저는 1학년 1반, 카미미야 코이치입니다. 자, 잘 부탁합니다."

"잘 부탁해~."

아키야마가 팔랑팔랑 손을 흔들었다.

"그런데, 저기…… 저, 왜 불려온 건가요?"

카미미야는 조심조심 우리를 올려보면서, 작은 목소리로 말했다.

왜, 왠지 애교가 있네. 애.

"……귀엽네."

세가와가 툭 중얼거렸다.

"귀엽네."

"응, 확실히."

아키야마와 마스터도 수긍했다.

아코와 부딪친 시점에서 눈치챘던 거지만, 뭐랄까, 귀여운 아이였다.

목소리와 말투도 그렇거니와, 얼굴조차도 귀엽다. 남자답지 않았다.

"그야말로 제가 원하던 인재에요!"

"아아, 절대로 니시무라에게 추파는 던지지 않겠네."

"그야 그렇지."

아무튼 같은 남자니까.

남자…… 남자 맞지? 교복이 남자용이니까 그걸 기준으로 삼아도 되겠지?

"저기……."

이런, 곤란해 하는 카미미야를 무시하고 있었다.

"그게 말이지, 여기는 현대통신전자 유희부야. 모두 함께 온라인 게임을 즐기는 부활동의 부실이지."

"온라인 게임……."

아무 말 없이, 방과 후에 데리러 갈게! 라고 밀어붙였으니 이 설명조차도 지금이 처음이다. 오히려 용케 여기까지 같이 와준 셈이다.

"아무 말도 안 했어? 아무리 그래도 온라인 게임에 흥미가 없는 애를 데려오면 안 되잖아."

"아뇨. 저 조금 흥미가 있는데요."

"그래?"

그랬구나.

"같은 냄새를 느꼈으니까요!"

"……냄새로 알아챈 거냐."

그 감각, 다른 곳에 쓸 수 없을까?

"그럼 잠시 견학을 부탁하도록 할까."

"그러게. 그럼 카미미야. 일단 거기 앉아~ 앉아~."

"네…… 아, 코이치라고 불러주세요."

"그래? 그럼 코이치."

"저기, 니시무라 선배. 이름은 어떻게 되시나요?"

"음. 히데키인데."

"히데키 선배라고 불러도 될까요?"

"……그, 그래라."

의외로 활발하네.

"이걸로 캐릭터도 완성. 이제 로그인할 수 있어."

"감사합니다. 히데키 선배!"

멜로디아와는 달리 캐릭터 메이킹도 무사히 끝났다.

완성된 것은 귀여운 여자아이다.

초기 스타트 지점에는 이미 우리가 마중하러 와 있었다.

아아, 왠지 진짜로, 견학자가 와줬다는 느낌이 든다.

여기까지 오는데 참 길었다…….

"이렇게 됐으니!"

아코가 기쁜 듯이 그렇게 말하고는—.

"바로 귀여운 옷을 입어보죠!"

인벤토리에서 의상을 꺼냈다.

"그쪽부터야?!"

"그치만 초기 장비로는 쓸쓸하잖아요. 이거 보세요. 귀엽죠!"

"와, 굉장하네요!"

"그렇죠? 레벨 1부터 장비할 수 있는 것 중에서는 이 조합이 가장 귀엽다고 생각해요!"

아코와 나름대로 잘 맞아 들어가고 있어! 얘 굉장하네!

"하지만 일단 조작 정도는……."

"아, 그렇죠! 맡겨주세요! 먼저 이동은……."

"아뇨. 히데키 선배, 가르쳐주세요."

"……이동은…………."

아코가 시무룩하게 침묵했다.

어, 나? 어째서?

"그냥 아코한테 배워도 똑같을 텐데."

"그게, 같은 남자 쪽이 편해서……."

"그야 그런가."

듣고 보니 그렇다. 내 배려가 부족했다.

오히려 아코에게 추파를 던지지 않는 점에서는 나도 기쁘고.

"그럼 이동 방법부터 해보자. 왼손을 키보드에, 오른손을 마우스에 놔."

"네."

"우우우, 제가 데려온 애인데."

"남자끼리 친하게 지내면 좋잖아."

후배가 생겼다! 라는 느낌이라 꽤 기뻤다.

단지 세가와, 그 수상한 눈동자를 이쪽으로 돌리지 마라. 왠지 무서우니까.

"마우스 클릭과 그 WASD 키…… 그래. 그걸로 이동할 수 있어. 어느 쪽이 괜찮아 보여?"

"어어, 키보드 쪽이 편한 것 같아요."

"오케이 오케이. 그럼 일단 그쪽 NPC와 대화를 해서……."

남자 후배에게 게임을 가르쳐준다는 첫 체험.

게다가 상대는 솔직하고 착한 아이다.

뭐야, 이거 즐겁네. 좋잖아, 신입생!

"아, 레벨이 올랐어요!"

"그럼 다음 장비를 입을 수 있겠네. 아코, 네 차례야~."

"기다리고 있었어요! 지금 던전이니까 잠시만 기다려 주세요!"

"전혀 기다리지 않았잖아!"

그냥 평범하게 게임하고 있었잖아!

"귀여운 옷을 소개해주는 거 아니었어?"

"아니에요. 그 소재를 구하러 갔던 거라고요!"

"그건 굉장하네…… 굉장하지만, 준비가 영 부족하잖아……."

"저 나름대로 열심히 한 거라고요."

"그래그래 굉장하네, 굉장해."

후에에엥 하고 우는 아코의 머리를 대충 쓰다듬었다.

이제 익숙한 동작이다.

"……저기, 히데키 선배."

그때, 후배가 왠지 불만스럽게 말을 걸었다.

"왜 그래?"

"아뇨…… 저기, 사이가 좋으시네요."

"뭐, 오래 알고 지냈으니까."

"······부럽네요."

빤~히, 정말로 부럽다는 듯이 우리를 보고 있었다.

"너야 그렇게 말하지만, 우리도 처음 만났는데 단숨에 친해졌잖아. 바로 동료가 될 수 있을 거야."

"그, 그러네요."

카미야야는 활짝 핀 얼굴로 나를 바라봤다.

"입학하자마자 선배 같은 사람을 만나서 다행이에요."

"나도 귀여운 후배가 생겨서 잘 됐어."

서로 마주보며 명랑하게 웃었다.

이야~, 기쁜데? 2학년이 됐다는 느낌이 확 든다니까.

"기다려주세요. 스톱이에요, 스톱!"

그때 갑자기 아코가 우리 사이에 끼어들며 말했다.

"지금 분위기가 좀 이상하지 않았나요?"

"어, 그런가?"

"전혀 이상하지 않은데. 계속해, 계속해."

"으, 으~음."

"······응?"

새파래진 아코와 반짝반짝한 세가와.

그리고 완전히 쓴웃음을 짓고 있는 아키야마와 어리둥절한 마스터.

뭘 경계하는 건지, 아코는 내 앞에 서고는—

"루시안은 안 돼요. 못 준다고요."

"어?"

"왜냐하면, 부부니까요!"

장비란에 있는 반지를 보여주며 의기양양하게 말했다.

"그, 그치만, 그건 게임 이야기인 게……."

"그래, 그 말이 맞아!"

"루시안은 잠자코 있어주세요!"

"내 이야기거든?!"

왜 내 말을 막는 건데?!

"게임이니 현실이니 하는 구별은 없어요! 저와 루시안은 진정한 사랑으로 맺어졌거든요! 그것만이 진실이에요!"

그렇게 단언한 아코를 빤히 바라보던 그는 나지막하게 중얼거렸다.

"……진정한 사랑."

그는 그렇게 말하고는 잠시 침묵한 뒤, 아코를 무시하고 내게로 눈을 돌렸다.

"히데키 선배."

"응?"

"이 게임은, 남자끼리도 결혼할 수 있나요?!"

무슨 의도를 가진 질문인데?!

일단 가능하지만— 이라고 내가 대답하기 전에—.

"그 녀석을 내보내겠어요! 당장! 지금 당자아아아아앙!"

아코가 날뛰기 시작했다!

"이건 역시 어쩔 수 없겠네."

"중간까지는 잘 될 것 같았는데~"

"미안하지만, 인연이 없었다는 걸로 쳐야겠군."

다른 세 사람도 협력해서, 순식간에 코이치를 바깥으로 내보냈다.

여자아이처럼 몸집이 작은 그는 저항하지 못했고……

"아아, 선배, 히데키 선배! 저는 선배를—"

말을 맺지 못한 채 문이 쾅! 하고 닫혔다.

그대로 거칠게 문이 잠겼다.

"에, 에에엑…… 왜 쫓아낸 거야?"

착한 아이였잖아.

나는 신입부원으로서 불만 없었는데?

"설마 루시안에게 추파를 던지지 않는다는 부분에서 문제가 일어날 줄은 몰랐어요……"

"추파라니…… 저건 그런 게 아니라, 단순히 선배를 잘 따르는 거 아냐?"

"저한테서 루시안을 빼앗아간다면 마찬가지예요."

으~음. 아쉽네.

저 아이라면 분명 길드에도 익숙해질 거라 생각했는데.

"그럼…… 이걸로 이제 입부 희망자가 없어~. 니시무라가 데려오는 사람이 입부하지 않으면, 내가 입부할 거야!"

조금 전까지 1학년이 플레이 하던 캐릭터를 지운 아키야마가 명랑하게 말했다.

"에엑~."

"에엑~ 이라고 하지 말아줘~."

아코가 꺼림칙한 표정을 짓자 아키야마가 즐거운 듯이 말했다.

"저는 좀 더 이렇게, 신선한 느낌으로 게임을 해줄 아이가 들어와 줬으면 하는데요."

"네가 데려온 아이는 그러지 못했잖아."

"그렇긴 하지만요!"

"나는 열의가 있는 인재를 원한다만."

"하지만 마스터가 데려온 사람은 학생회 지망이었잖아."

"내가 데려온 멜로디아가 가장 유망했어."

"먼저 세가와랑 맞물리지 못했잖아."

"게다가 봐봐, 이런저런 장르나 클러스터가 있으니까. 마음 굳게 먹고 이야기해보면 아마 괜찮을 거야."

왁자지껄 상의하는 네 사람.

남은 건 나뿐인가…… 가장 편하다고 생각했는데 설마 마지막이 되어버릴 줄이야.

그리고 곤란하게도, 아직 목표로 삼은 부원은 전혀 없었다.

어, 어떡하지?

†††　†††　†††

◆루시안 : 역시 오늘 온 걔를 넣으면 되지 않을까?

◆아코 : 안 돼요! 걔는 분명히 저한테서 루시안을 빼앗아 갈 거예요!

◆루시안 : 그럴 일 없어~ 없어.

◆아코 : 안 돼요 안 돼요.

무슨 말을 해도 아코는 단호하게 거부했다.

이렇게나 싫어하는 일은 꽤 드무니까, 정말로 안 되는 거라고 생각한다. 이러면 역시 포기할 수밖에 없나.

내가 찾기보다는, 다시 한 번 그에게 말을 걸어보는 편이 좋을 것 같긴 한데 말이지.

◆루시안 : 어쩔 수 없지. 스스로 찾아볼까.

◆아코 : 그래요. 저도 노력했잖아요.

◆루시안 : 부실까지 데려온 건 나였는데.

◆아코 : 언제나 신세를 지고 있어요.

말은 잘 하네.

아코에게서 온 귓속말 채팅 화면을 바라보며 후우 하고 한숨을 내쉬었다.

귓속말 채팅. 그렇다. 귓속말 채팅이다.

이야기하는 우리 두 사람 말고는 보이지 않는 개별 채팅.

왜 길드 채팅이 아니라 귓속말 채팅을 쓰고 있느냐 하면—.

◆센치 : 어라? 아코 없어?

◆너구리 사부 : 방금 전까지는 있었다구리.

◆머스통 : 레벨 30~40, 누구 없나요?

◆바소 : 그 레벨 캐릭터는 없어ㅋ

◆메라룬 : 길드 창고에서 장비 빌려갑니다.

◆애플리코트 : 음. 빌려간 것은 채팅으로 보고하도록.

◆슈바인 : 로그아웃하기 전에 돌려놓으라고. 반드시!

◆디 : \\\\\\\\\\\\\\\\\\\\\\\\\\\\\\\

◆디 : 길드 창고에 장비를 돌려놓는 것을 강요당하고 있다!

◆디 : /////////////////////////////

◆†클라우드† : 그 집중선은 뭔데ㅋ

◆밀크 : 안녀엉.

◆머스통 : 안녕

◆†붉은 암살자† : 여어.

길드 멤버가 늘어나기 시작한지 며칠이 지났다.

정신이 들고 보니 길드 멤버가 너무 많이 늘어났다.

지금 앨리 캣츠는, 누가 권유해서 들어온 건지는 모르겠지만, 아무튼 나조차도 모르는 멤버가 엄청 많은 상태였다.

길원이 늘어난 결과, 새로 들어온 사람이 친구를 부르고, 그 친구가 또 다른 친구를 부르고, 또 그 친구가— 이런 식으로 점점 늘어나버렸다.

이제 길챗에서 누가 무슨 소리를 하는지도 잘 모르겠다.

아코와 느긋하게 대화를 나누려면 귓속말 채팅으로 말할

수밖에 없었다.

◆센치 : 아코 없어? 자리비움이야?

◆아코 : 네.

아, 끈질기게 불린 아코가 대답을 했다.

◆센치 : 아 있네. 해저던전 갈 건데, 어때?

◆아코 : 아뇨. 사양할게요.

◆센치 : 왜? 한가하면 가자.

◆아코 : 저는 루시안과 이야기하는 중이라서요.

◆센치 : 루시안은 피로시키에서 탱커해줘. 머스통이 곤란해 하고 있으니까ㅋ

◆머스통 : 저는 괜찮은데요.

◆루시안 : 서브로 탱커 해주는 건 괜찮아. 아코도 도와줘.

◆아코 : 네~.

◆센치 : 에이, 아코는 이쪽 파티 들어와도 되잖아. 그쪽은 힐러가 필요 없으니까.

길원이 늘어난 결과, 역시 아코에게 치근대는 사람도 생기게 되었다.

현실의 아코와는 달리, 게임의 아코는 일단 누구와도 대화할 수 있다.

그래서 게임 안에서 말을 걸면 제대로 대답해주지만…….

◆아코 : 저와 루시안은 부부니까, 같이 갈래요.

◆센치 : 부부라고 해서 같은 일을 할 필요는 없잖아ㅋ

◆아코 : 그런 건 됐거든요?

◆센치 : 아, 미안. 화내지 마ㅋ

단지 이렇게 귀찮게 굴 때는 진심으로 나른해 보인다.

평소에는 귀엽고 어리바리한 힐러였다가, 흥미 없을 때는 나른한 마이페이스인 모습은 오히려 내용물을 여자로 보이게 만드는 모양이다. 위험한 타입의 녀석들을 제대로 낚는다.

◆밀크 : 머스통. 나도 사냥 갈까?

◆머스통 : 아, 괜찮나요? 부탁드려요.

◆디 : 오, 나도 갈까?ㅋ

◆머스통 : 디 씨는 레벨 높잖아요.

◆디 : 5000번 정도 죽으면 레벨이 똑같아 질걸?

◆너구리 사부 : 지금 당장 해라구리. 바로 해라구리.

◆디 : 미안ㅋ 무리ㅋㅋㅋㅋ

저쪽은 저쪽대로 인간관계가 생기고 있고, 꽤나 즐거워 보인다.

보고 있으면 그렇게 문제가 있어 보이지 않지만…….

◆센치: 아코, 한가하잖아. 루시안도 같이 이쪽으로 오라고.

◆루시안 : 안 간다니까.

이렇게, 인간관계를 부수려는 사람이 있거나.

◆메라룬 : 길드창고에 없는데요, 혈검은 어딨나요?

◆슈바인 : 이 몸이 쓰는데.

◆메라룬 : 없으면 곤란한데요.

◆슈바인 : 처음부터 이 몸의 장비라고! 그딴 건 몰라!

남의 장비를 상용하려고 하거나.

몇 명 짜증나는 녀석들이 있는 점, 그게 성가시단 말이지!

아아, 정말 귀찮아! 소인원 길드 때는 이런 고생은 없었는데!

사람이 늘어나면 즐겁긴 하지만, 역시 고충도 있는 모양이다.

부에 데려올 아이는 조용한 애가 좋겠어. 응.

―말은 이렇게 해도, 후보를 찾을 수 있었던 건 아니다.

오늘도 딱히 수확 없이 집으로 돌아왔다.

"다녀왔습니다~."

"어서 와~."

오늘은 조리부 활동이 없는지, 먼저 돌아온 미즈키의 목소리가 들렸다.

"아아, 지쳤다. 정말…… 부원이 말이……지?"

"……안녕하세요."

거실 소파에 앉은 미즈키 옆에, 여자아이가 있었다.

"친구야?"

"응. 시끄럽게 해서 미안."

"……실례합니다. 선배."

"아냐아냐, 느긋하게 있으라고…… 어라?"

아직 익숙해 보이지 않은 선배라는 목소리가 왠지 낯익었다.

그보다 얼굴도 낯익었다.

"누군가 했더니 너였구나."

"……네."

함께 도서위원을 하고 있는 아이잖아.

"어라, 아는 사이야?"

"학급위원이 같거든."

"그렇구나."

미즈키는 나와 친구를 차례로 바라봤다.

"뭐, 이름도 모르긴 하지만."

"후타바 미캉, 이에요."

"나는 니시무라 히데키. 여동생을 잘 부탁해."

"……네."

후타바 미캉이라. 귀여운 이름이네.

독특한 이름[#10]이긴 하지만, 멜로디아와 비교하면 별것도 아니고.

"하지만 안심했어. 집에 데려올 수 있는 친구가 생겼구나."

"정말, 아빠도 아니고…… 아저씨 같잖아."

"뭣이라?"

실례되는 말이잖아.

"냉장고 안에 든 재료로 뚝딱 일품요리를 만들어버리는 여동생한테 아저씨 같다는 말을 듣고 싶지는 않은데."

#10 독특한 이름 미캉(みかん)은 일본어로 귤을 뜻한다.

"오빠도 할 수 있잖아!"

"평소부터 하고 있는 미즈키하고는 비교도 안 되거든?"

"오빠가 하지 않으니까 하고 있는 거라고."

투닥대는 우리를 본 후타바가 킥킥 웃었다.

"사이, 좋네."

"뭐? 그런가?"

미즈키가 쑥스러운 듯이 웃었다.

"그쪽이야말로 사이좋네."

후타바의 미소는 처음 봤다고.

언제나 조용한 이미지였으니까.

"그럼 나는 방에 가 있을게."

"또 온라인 게임?"

"내버려 두셔."

오히려 너희들은 뭐하는 건데, 라고 생각했는데—

"……너희도 온라인 게임하고 있잖아."

둘이서 함께 노트북을 보고 있었다.

화면에는 레전더리 에이지의 클라이언트와 익숙한 슈슈의 모습이 보였다.

"둘이서 하고 있는 거야?"

"아냐. 잠깐 로그인 보너스를 따려고 온 것뿐이야. 덤으로 미캉한테 잠깐 시켜보려고."

"너는 뭐랄까, 참 자유롭네. 오타쿠인 것을 숨기자, 라는 발상은 없어?"

세가와하고는 큰 차이다.

"있잖아, 여동생은 말이지."

미즈키는 손가락을 척 세우며 마치 세상의 진리를 가르쳐 주듯이 말했다.

"오빠가 좋아하니까 알고 있다고 하면, 대부분 괜찮다고."

"여동생은 참 치사하네!"

"……."

오, 화면 속에서 슈슈가 움직였다.

우리가 이야기하는 사이 심심했는지, 후타바가 슈슈를 조작하고 있는 모양이다.

조작이 힘든 몽크로 어색하게나마 나름대로 적과 싸우고 있었다.

호오, 그런대로 하는구나.

"그 캐릭터, 조작이 어려운데 잘 하네."

"딱히 어렵지는…… 간단한데요."

태연하게 말하면서도, 조금 자랑스러워하는 목소리다.

꽤 즐기고 있는 모양이다.

……아, 맞다.

"있지, 후타바."

"……네?"

"우리 부, 견학하러 와볼래?"

"잠깐, 여동생의 친구를 꼬드기지 말아줘~."

"남 듣기 안 좋은 소리는 하지 말라고."

"우우, 아코 언니한테 말한다?"

"역시 연락처 같은 거 알고 있어?"

"이쪽에서 귓속말 날리면 되잖아."

"진짜로 그만둬."

분명히 바로 반응할 거다. 엄청 무섭다고.

"꼬드기는 게 아니라, 권유하는 거라고. 신입부원이 없어서 곤란하니까, 흥미가 있다면 어떤가 싶어서 말이야."

거절하면 거절한 대로, 다른 애를 찾을 테니까.

"나는 아직 아무한테도 권유하지 않았으니까, 한 명 정도는 견학을 와줬으면 좋을 뿐이라고."

"이유가 참 너무하네."

"그치만 우리 부, 나 말고는 여자밖에 없잖아. 남자를 권유하는 것도 미묘하고, 그렇다고 내가 여자를 권유하는 것도 이상하고."

큰일이라고, 라면서 이마를 짚자 미즈키도 쓴웃음을 지으며 물었다.

"미캉. 어쩔래?"

"견학만 해도 괜찮으니까, 와볼래?"

"……."

후타바는 잠시 고민한 뒤—

“……가볼게요.”

그렇게 말해주었다.

“그런고로 데려왔어.”

“어디서 납치해온 거야, 니시무라?!”

“자수할 거라면 같이 가주마. 루시안.”

“바람바람바람바람…….”

“우와아, 예상 외였어!”

이렇게 될 줄 알았어!

내가 후타바를 데리고 부실로 들어온 순간, 이 꼴이라고!

너희들, 내가 여자를 데려온 게 그렇게나 이상한 거냐?!

“…….”

“이거 봐. 너희들이 처음부터 난리니까 후타바가 곤란해하고 있잖아!”

“전혀 모르겠는데.”

그런가? 왠지 모르게 곤란하다는 분위기를 내고 있는데?

“아무튼, 어어…… 이쪽은 후타마 미캉. 미즈키의 친구야.”

“…….”

후타바가 꾸벅 고개를 숙였다.

“아아. 슈슈의 친구였나요?”

아코가 겨우 납득했다.

“너, 정말로 지인의 지인을 찾아왔네.”

"의도한 건 아닌데……."

같은 도서위원이기도 하고.

"그럼, 미캉, 이라 불러도 될까? 여기 앉아."

"부활동 내용은 들었나? 후타바 군. 우리는 현대통신전자 유희부, 모두 함께 온라인 게임을 즐기자는 모임이다."

"와, 작다. 귀여워~!"

"루시안에게 손을 대면 안 돼요. 너무 친해지는 것도 안 되고요. 접근하는 것도 원래는 안 되지만요."

모두에게 빙 둘러싸여 포위된 체험 부원.

"……이름."

그녀는 의자에 앉은 뒤에 나지막하게 말했다.

"이름이 왜?"

"……이름, 웃지 않는다, 싶어서요."

이름이라니, 후타바의, 미캉이라는 이름 말인가?

"조금 드문 이름이긴 하지만……."

"딱히 웃기지는 않지?"

"그럼요."

우리는 모두 멜로디아의 그 임팩트를 견뎌냈다.

이제 미캉 정도는 그냥 평범한 이름이라고.

"우리 중에는 돼지라는 이름을 대고 있는 녀석도 있으니까."

힐끔 세가와에게 시선을 보내며 그렇게 말하자—

"너를 베이컨으로 만들어줄까?"

살의가 담긴 시선이 돌아왔다.

협박이 너무 무섭잖아.

"카니발 카니발."

"카니발거리지 마."

먹을 생각이냐, 아코.

"기본 조작은 괜찮은 것 같네."

"……미즈키한테."

그렇군. 어제 배웠던 건가.

"의외로 잘 가르쳐준다니까. 미즈키."

"네 여동생이라면 의외고 뭐고 없어."

"응? 나는 미즈키한테 배운 적이 거의 없는데?"

"오빠란 그런 것인가."

마스터가 음음 하고 끄덕였다.

오빠니까! 라며 내가 가슴을 펴자, 세가와는 어이없다는 표정을 지었다.

"여심(女心) 같은 걸 배우란 말이야."

그야 알고 싶은 분야지만, 그렇다고 여동생한테 여심을 물어보다니 쪽팔리잖아.

"아코한테 물어볼 테니까 괜찮아."

"사랑해주세요!"

"이건 글렀네."

"조금만 더 달라붙어 주세요!"

"……."

후타바가 킥킥 웃었다.

집에서도 생각한 건데 웃으면 귀엽네. 우리 부에는 안경 쓴 애도 없으니까.

"그럼 어제도 해봤겠지만, 간단히 적과 싸우는 방법을 확인해보자."

"……네."

나이프를 든 『미캉』이라는 캐릭터가 늑대 몬스터를 덮쳤다.

"이거 나도 했었지~."

"그립네. 죽어~! 라고 말하며 덮쳤었어."

그랬던 세테 씨가 지금은 어엿한 동료가 됐다. 시간 참 빠르구나.

"상대의 모션을 보고, 대처할 수 있는 스킬을 써봐."

"……네."

"레벨이 오르면, 상대가 방어를 하든 필살기를 쓰든 억지로 쓰러트릴 수 있지만요."

"우선은 기본부터니까."

"……해볼게요."

후타바가 과감하게 울프를 공격했다.

한 방, 두 방, 세 방 공격이 맞았다.

그러나 울프가 나이프를 입에 물고—.

"……앗."

무기를 튕겨낸 뒤 몸통박치기!

후타바가 크게 튕겨나갔다.

"괜찮아요!"

아코의 힐이 날아가서 후타바가 회복됐다.

"아직 멀었네요. 울프계 몬스터는 한손 무기를 상대로 카운터 공격을 해오는 경우가 있다고요!"

아코가 우훗 하고 거친 콧김을 내뿜으며 말했다.

선배예요! 라는 표정을 보이고 싶었던 모양이다.

코이치가 내게 배우려고 해서 아코는 가르쳐주지 못했으니까.

단지— 정보가 잘못됐다.

"카운터의 기준은 중량이니까, 한손 도끼 같은 걸 들고 있으면 공격하지 않지만 말이지."

"앗—."

이해력이 어설픈 것이 아코답다.

"하얗게 빛난 뒤에 몸을 앞으로 기울이는 자세를 취하거든. 근거리라면 조심하는 편이 좋아."

"우우, 전투는 못해도 괜찮아요. 게임을 즐기기만 하면요."

"확실히 아코는 게임을 엄청 즐긴다고 생각하지만."

"게다가, 오늘 시작한 사람보다는 제가 100배 정도는 잘 하니까요!"

아코는 견본을 보여주겠다는 듯이 울프를 덮쳤다.

단순히 공격력이 높기 때문에 울프는 간단히 쓰러지고 말았다.

그야 그렇겠지. 이건 견본이 못 되겠는걸.

"으~음. 레벨이 너무 높아서 예시가 안 되네요."

"뭐야, 그 의기양양한 얼굴은?"

"그치만 레벨 100이니까요!"

초보자에게 자랑해서 어쩔 거야.

"너, 자기보다 못하는 사람이 입부해줬으면 좋겠다고 하지 않았어?"

"네. 그러니까 대환영이에요!"

아코가 기뻐하며 말했다.

"……."

하지만 후타바 쪽은 왠지 불만스럽게 보였다.

"타마키 선배."

아코가 움찔 하고 반응했다.

"그, 그거 한 번 더 부탁드려요."

"타마키 선배."

"하, 한 번 더!"

"타마키 선배?"

"한 번 더!"

"야, 이제 그만둬. 타마키 선배."

"후와아앙."

아코는 뺨에 양손을 대고는 움찔움찔 몸을 뒤틀었다.

그, 그렇게 기분 좋았나?

"황홀해하지 말라고, 타마키 선배."

"그래. 침착해라. 타마키 선배."

"모두한테 불려봤자……."

"그럼 왜 니시무라가 부를 때는 기뻐했던 건데?"

그건 넘어가고.

"후타바. 아코한테 뭐 할 말 있어?"

"……타마키 선배."

"네! 뭔가요!"

아코가 손을 확 들고 기뻐하며 물었다.

"선배는, 잘 하시나요?"

"……아뇨. 그다지."

밝은 얼굴이 순식간에 미묘한 표정으로 변했다.

후타바는 다음으로 내 쪽을 봤다.

"……저, 타마키 선배한테 이길 수 있나요?"

왜, 왠지 호전적인 소리를 하네.

"으~음…… 아코가 잘 못하는 장르라면, 어쩌면……."

"우우…… 아무리 저라도 오늘 시작한 사람한테는 지지 않아요."

"······오늘 아닌데요."

후타바가 아코를 바라보며 반박했다.

"시작한 건, 어제에요."

"아무튼, 지고 싶지는 않아요!"

"그럼 승부네!"

아키야마가 즐거워하며 화이트보드에 승패표를 적기 시작했다.

"컨트롤 승부라······ 그럼 카지노의 어슬레틱 코스로 가볼까. 산꼭대기에 누가 먼저 도착하는지 승부하는 거니까 알기 쉽겠지."

"······네."

"받아들이겠어요!"

타마키 선배는 당당히 후배의 도전을 받아들였다.

이, 이길 수 있을까?

"이, 이겼어요!"

이겼습니다.

아코는 땀을 닦으며 주먹을 번쩍 들어올렸다.

"······."

후타바는 말은 없었지만 분한 듯이 화면을 보고 있었다.

"아까웠네, 미캉. 마지막 굴곡에서 빠지지만 않았다면 이겼을 텐데."

"······네."

우우우, 소리가 들릴 것 같은 표정이다.

"승리는 승리에요. 이걸로 5연승이네요."

"초보자를 상대로 접대 플레이가 조금도 없네."

"정면에서 맞부딪치는 게 예의잖아요."

아코가 허리에 손을 척 대며 말했다.

세가와가 자주 하는 포즈다. 음, 잘나 보이는군.

"······네. 선배, 잘 하네요."

"고맙습니다!"

아코는 기뻐하며 대답하고는 내 쪽으로 폴짝폴짝 뛰며 다가왔다.

"루시안, 미캉은 착한 아이네요!"

"어, 어어. 그렇지?"

아코와 같은 레벨로 진지하게 경쟁할 수 있는 아이는 귀하기도 하고, 착한 아이다.

시끄럽게 떠들지도 않으니까 누군가와 맞물리지 않을 일도 없고.

들어와 주면 좋겠는데 말이지.

"어때? 이 게임, 좋아할 수 있을 것 같아?"

"······아직, 모르겠는데요."

"그렇구나."

뭐라 말하기 힘든 리액션이네.

승부 도중에는 즐기고 있는 것처럼 보였는데.

"그래도 계속 하다보면 좀 더 즐거워질 거야. 어때? 입부해보지 않을래?"

세가와가 후타바의 어깨에 손을 올리며 웃으며 권유했다.

"음. 후타바 군이라면 환영이다."

"들어와~."

마스터와 세가와가 싱글벙글 웃으며 말했다.

그 얼굴을 보고 잠시 고민하던 후타바는 이윽고 고개를 내저었다.

"아직, 안 될 것 같아요."

"어머."

"애석하군."

"생각보다 재미가 없어?"

그렇게 물어보자, 다시 한 번 고개를 내저었다.

"타마키 선배에게, 이기지 못했으니까요."

그리고는 아코를 빤히 보더니 분한 듯이 말을 이었다.

"좀 더 능숙해지면, 다시 올게요."

"……어."

무슨 소리입니까.

졌으니까, 안 들어온다고?

"잠깐잠깐. 오늘 막 시작했으니까 당연하잖아!"

"어제인데요."

"그, 그렇긴 하지만, 아코는 몇 년이나 해왔거든!"

"그래도."

그녀는 조용히, 하지만 번뜩이는 눈동자로 말했다.

"지고만 있으면, 분해요."

"……그럼, 입부해서 능숙해지면 되잖아."

"능숙해지면 다시 올게요."

"……얘, 혹시."

세가와가 내 귓가에 속삭였다.

응. 그런 것 같아.

어른스러워 보이고, 성실하게 보이지만, 그 이상으로—.

엄청나게, 지는 걸 싫어한다!

"……고마웠습니다."

꾸벅 고개를 숙인 체험 부원은 부실을 나섰다.

결국 부원은 늘지 않았다.

"좋은 인재였는데 말이야."

"음……."

"아코가 분위기를 읽고 져줬다면 좋았을 텐데~."

"그, 그런 소리를 하셔도—!"

"아니, 그건 그것대로 좋았던 것 같은데."

후타바는 즐거워 보였으니까.

그 성격을 생각해보면, 섣불리 힘을 빼서 이기게 해주더라도 입부하지는 않았을 것이다.

"제대로 게임을 체험하는 것까지는 해줬으니까, 나는 만족이야."

"저도 즐거웠어요."

"겨우 제대로 된 체험 입부를 했으니까."

"음. 부원을 모집하는 감각이라는 걸 알 수 있었군."

우리는 응응, 하고 만족했다.

아무도 입부해주지 않았지만, 우리는 부원 모집을 끝까지 했다.

다들 열심히 했다. 그러면 된 거 아닐까.

"그럼, 이걸로 전원이 데려온 애들이 다 안 된 거지?"

─그러면 된 게 아닌 것 같다.

눈동자를 반짝반짝 빛내는 아키야마가, 내 차례야! 라는 듯이 손을 들었기 때문이다.

"좋아. 적었어."

흥흥~ 콧노래를 부른 아키야마가 입부 신청서에 이름을 적었다.

"이걸로 오케이네. 나도 여기 부원이야!"

그리고는 소리 높여 말했다.

"뭐, 나나코가 그렇게까지 말한다면, 나는 상관없지만."

"본인이 각오하고 있다면 상관없다만."

"지금 이상으로 폐를 끼칠 거라 생각하는데. 아키야마, 괜찮아?"

"괜찮아 괜찮아. 그보다 자, 이제는 슬슬 나나코라고 불러도 되지 않을까?"

"사양하겠습니다."

우리가 그런 이야기를 나누는 사이에도—.

"우우우우."

아코는 곤란한 표정으로 신음하고 있었다.

역시 아키야마가 들어오는 것을 바라지 않는 건가.

"아코는, 내가 입부하는 거 싫어?"

"그치만……."

아코는 미묘한 얼굴로 말했다.

"저, 세테 씨 같은 사람은 거북하다고요."

"까~앙."

아키야마가 쇼크를 받은 표정을 지었다.

아니, 그런 표정을 지었을 뿐, 실제로 쇼크를 받은 것처럼은 보이지 않았지만.

애초에 입으로 까~앙 이라고 말하고 있고.

"아코. 그렇게 내가 싫어?"

"아, 아뇨. 그렇지는 않은데요."

아코가 명백하게 거짓말, 이라는 얼굴로 양손을 내저었다.

여느 때와 같은 대화다. 평소에는 아키야마가 별수 없다는 듯이 흘려버리며 끝내는, 익숙한 대화.

하지만 오늘은 아키야마가 물러서지 않았다.

"우-우, 납득이 안 가! 나도 동료고, 오늘부터는 부원이니까, 좀 더 이렇게, 본심을 털어놓자고!"

"그, 그렇게 말하셔도, 저는 확실히 사실대로……."

"그치만 아코는 지금 거짓말 하고 있잖아! 그것도 더블이야! 더블 거짓말쟁이!"

아키야마가 아코를 척 가리켰다.

"더, 더블?! 거짓말쟁이인데다 더블이라니 대체 무슨 소리인가요?!"

"아코, 『사실은 세테 씨를 싫어하지만, 솔직하게 말하면 혼날 것 같으니까 일단 입으로는 아니라고 거짓말을 해두겠습니다』 같은 얼굴이었는걸! 그리고, 사실은 그게 거짓말이야!"

아키야마는 자기 가슴에 손을 얹고, 아코에게 빤히 시선을 보냈다.

"아코. 사실은 나, 꽤 좋아하지?!"

"윽!"

"……어, 그랬어?"

그 말을 듣고 아코는 움찔 하고 굳어버렸다.

"아…… 아뇨, 그게……."

그리고 부들부들 어색하게 고개를 꺾었다.

"……왜 그렇게 생각하시는 건가요?"

"그야, 나는 아코를 좋아하는걸."

"그렇다고 해서, 제가 세테 씨를 좋아하는지는……."

"나는 아무리 호의를 보내줘도 싫은 사람은 무조건 싫다! 라고 생각하는 사람은 좋아하지 않는걸."

"하웃!"

아키야마의 말에 아코는 눈을 크게 떴다.

가만히 보니, 아코의 뺨이 점점 붉게 물들어갔다.

오오, 쑥스러워한다, 쑥스러워해. 나한테 쑥스러워할 때와는 조금 다른 의미의 쑥스러움이다.

"……그게, 거짓말은 아니에요."

아코는 조심조심 아키야마와 시선을 맞추며 입을 열었다.

"세테 씨 같은 사람이 거북한 건 사실이에요. 이야기하면 피곤하고, 무섭고, 분명 바로 싫어하게 되고."

조심조심 자신감 없이, 하지만 눈을 피하지 않고 마주 보며 말했다.

"그러니까『세테 씨 같은 사람』은 싫어요. 그래도—."

아코는 약간 미소를 지으며 말했다.

"세테 씨는, 조금 좋아해요."

"나도 좋아해 아코~!"

꺄앗 하고 외친 아키야마가 아코를 끌어안았다.

"회, 회피에요!"

"파고드는 게 어설퍼!"

게다가 아코가 내 쪽으로 도망치는 행동을 예상해서 퇴로

를 막았다!

　아아, 아코가 잡혔다. 나무아미타불.

　"겨우 아코가 데레를 보였어~. 1년 가까이 걸렸다고, 길었어!"

　"아우우우, 데레 아니거든요? 저는 루시안 말고는 데레하지 않는다고요."

　나 말고도 데레해도 되거든? 여자아이가 상대라면— 이지만.

　"하지만 부끄러운 소리 잘 하네. 나나코."

　세가와가 어이없는 표정으로 말했다.

　아키야마는 그런 세가와를 향해 고개만 돌려서 대답했다.

　"아카네도 정말 좋아하는데?"

　"부끄러운 소리 잘 하네. 나나코."

　같은 말인데도, 두 번째로 말한 세가와는 엄청 부끄러워 보였다.

　"쿄우 선배도 정말 좋아해."

　"나도 사랑한다. 세테."

　"……선배는 조금, 무거울지도……"

　아키야마가 쓴웃음을 지을 정도로, 마스터의 후배 사랑은 무거웠던 모양이다.

　"니시무라는…… 말했다간 아코가 화낼 테니까 그만둘게."

　"뭐, 뭔가요, 그 바람기가 폴폴 새어 나오는 말투! 루시안은 안 돼요!"

"그래그래, 알고 있어~."

"역시 세테 씨는 싫어요!"

"에엑~?!"

"그리고 세테 씨도 거짓말쟁이라고요!"

아코는 아키야마에게서 떨어져서 빵빵하게 뺨을 부풀렸다.

"그렇지 않아~. 나는 언제나 사실대로ㅡ."

"사실은 여러모로 곤란한 일이 있지만, 아무런 이득도 없지만, 제대로 입부해서, 모두와 동료가 되고 싶었던 거죠?"

"으ㅡ."

아키야마가 움찔 하고 몸을 젖혔다.

오오, 이건 드물게도 진짜로 초조해진 반응이다.

"그런데도, 저희가 부원을 모집하지 못한다면, 이라는 거짓말을 하다니! 순순히 신입부원을 들일 거라면 나도 입부하고 싶다! 라고 말해주면 좋았잖아요!"

"그건, 그치만, 저기……."

아키야마는 조금 쑥스러운 듯이 말했다.

"거기까지 말했는데 안 된다고 거절하면, 역시 조금, 우울해질 것 같아서……."

"그런 말은 안 해요."

아코는 의기양양하게 웃었다.

"세테 씨를, 싫어하지는 않으니까요."

"좋아한다고 말해줘~."

말은 그렇게 하면서도, 아키야마는 조금 기뻐보였다.

빠바바바빠밤~! 아코에게 친구가 늘었다!

왠지 머릿속에서 수수께끼의 효과음이 들릴 정도로 눈부신 광경이었다.

응응. 좋구나, 좋아.

"……하지만, 딱히 싫어하지 않는다면 왜 평소에 피하는 거야, 아코."

사이좋게 지내라고. 좋은 사람이잖아, 아키야마.

"좋고 싫은 것과 거북한 건 다르잖아요."

"내가 거북한 건 사실이구나?"

그 마음 모르는 바도 아니지만.

"그리고…… 세테 씨는 차갑게 뿌리치는 걸 좋아하는 것 같았다고요."

"……어?"

어리둥절해진 아키야마에게, 아코가 추가로 덧붙였다.

"그러니까, 싫어요~ 라고 말하는 편이 더 나을 것 같았어요."

"어, 그, 그래? 그럴 생각은 전혀 없었는데."

"아니, 나도 동감이야."

"동의하지 않을 수 없군."

"에에에에엑?!"

세테 씨는 놀란 뒤ㅡ.

"하, 하지만 확실히…… 모두한테서, 나나코는 어쩔 수 없네~ 라는 대우를 받는 게, 조금 기분 좋았던 느낌이 있었을지도……."

조금 납득한 것처럼 수긍했다.

그랬어? 차갑게 뿌리치는 걸 좋아했어?

듣고 나서 생각해 보니, 이곳은 그녀가 평소 지내는 환경과는 조금 다르다.

교실에서는 아키야마가 하얗다고 말하면 검은 색이어도 하얗다, 라고 하는 분위기가 있었다.

그 중에서 아니 검잖아, 라고 바로 말해주는 세가와와 친해지기도 했으니까, 처음부터 그런 사람이 좋았던 걸지도 모른다.

"그보다 세테 씨. 괴롭히는 아이 같은데, 사실은 괴롭힘 당하는 걸 좋아했네요."

"S처럼 보이면서도 M이네. 나나코."

"그, 그런 이상한 취미는 없어! 착각이야 착각!"

"상관없다. 현대통신전자 유희부는 어떤 인재든 폭넓게 받아들이고 있으니."

"아니라니까!"

부실에 화기애애한 분위기가 흘렀다.

그래. 이걸로 해결인가.

아코와의 응어리가 사라지고, 아키야마가 정말로 우리와 함께 놀고 싶다는 것을 알게 되었고, 진짜 동료가 되었다.

부원은 결국 아키야마가 들어오게 되었으니 부원 모집 문제도 해결인가.

"전부 다 잘 풀렸네."

"결국 평소대로였네요."

"기왕이면 같은 클러스터에 있는 사람이 들어와 줬으면 했는데."

"그건 이제 포기하라고."

그렇게 느긋하게 이야기를 나누던 중―.

"다들, 부원은 와줬니?"

드르륵 문이 열리며 사이토 선생님이 들어왔다.

새 학기라 바빠서 한동안 오지 않았었다.

"마침 잘 왔어. 고양이공주 선생님!"

"세테 씨가 정식으로 입부해주게 되었어요!"

"여기, 입부 신청서요!"

아키야마가 방금 작성한 입부 신청서를 웃으며 내밀었다.

"어머, 정식으로 입부하는 거니? 그럼 내가 처리할게."

선생님은 싱글벙글 웃으면서 건네받은 뒤―.

"그래서, 신입 부원은?"

그런 영문 모를 소리를 꺼냈다.

"……어?"

"그러니까 나나코가 입부하는 건데?"

"아키야마는 2학년이잖니?"

"……네?"

어리둥절한 우리에게 선생님도 의아한 듯이 말했다.

"필요한 건 신입생 부원이니까, 아키야마가 들어와도 아무 소용없는데."

"신입생…… 부원?"

"그런 제약, 처음 들었는데요."

"그치만 교칙에 적혀 있는데?"

허둥지둥 학생수첩을 꺼내서 교칙을 확인했다.

"어어……『모든 부는 부원 권유 기간 중에, 한 명 이상의—』."

"『1학년 부원의 입부를 받을 것』……이라고?!"

정말로, 적혀 있었다. 1학년을 들이라고 적혀 있다.

2학년도 3학년도 아닌, 1학년 부원을 들이라고…….

"2, 2학년이면, 안 되는 건가요?"

"그렇게 적혀 있잖니."

"그렇긴 하지만요!"

큰일 났다. 착각하고 있었다.

일단 아무나 들어와 주면 된다고 생각했는데, 그게 아니었던 건가.

무사히 끝나리라 생각했던 우리의 부활동 권유는, 설마 하던 암초에 걸리고 말았다.

"곤란해졌네."

"설마 하던 전개네요······."

아코와 둘이서 언젠가처럼 머리를 감싸 쥐며 하교했다.

잘 생각해 보면 당연한 이야기였다.

"부원이 없는 학년이 없도록 하는 거겠지."

"우우, 작년에는 괜찮았는데······."

"부활동 권유 기간이 끝나고 나서 만든 부였으니까."

새로 만든 부라면 몰라도, 그 이후에는 매년 신입생을 들이라는 뜻이겠지.

이거 곤란해졌다. 교칙에는 거스를 수 없다.

하지만 원래 부원을 늘리고 싶었던 건 아니니까 말이지.

"체험 입부를 꽤 받았었고, 그런데도 안 됐으니까 무리였습니다~ 라고 하면 용서해주지 않을까?"

"그래요. 이 부에는 제 갱생이라는 훌륭한 구실이 있잖아요!"

그런 슬픈 일에 가슴을 펴지 마.

그리고, 애석하지만―.

"요즘 아코가 학교에 제대로 나오고 있고, 성적도 오르는 낌새니까 교무실 안에서는 현대통신전자 유희부의 존재 의

의가 흐릿해지고 있다고 하더라."

"알겠어요. 내일부터 쉴게요."

"그만둬."

"학교를 말인가요?"

"그 발상을 그만두라고!"

제대로 함께 졸업해야 한다고! 잘 되면 대학에도 갈 거란 말이야!

"아무것도 하지 않고 대충 얼버무릴 수 없을까요?"

"선생님 말로는, 선생님 쪽에서도 온라인 게임부에 맞을 것 같은 1학년을 찾아서 입부를 추천한다고 하더라고."

"에에엑?! 모르는 사람이 입부하는 건가요?!"

"그러지 않으면 폐부."

"양자택일인가요?!"

무리한 게임이네.

"곤란해요. 세테 씨만으로도 큰일인데, 또 전혀 맞지 않는 사람이 늘어나면……."

"아키야마하고는 역시 안 맞아? 좋아하는 거 아니었어?"

아코는 보폭에 맞춰서 좌우로 몸과 손을 흔들면서 말했다.

"좋아하긴 하지만, 역시 그…… 친구 랭크로 따지면 낮거든요. 둘만 있게 되면 큰일이라고요."

뭔가 무서운 소리를 꺼냈는데……?

"친구 랭크? 뭐야, 그 처음 듣는데 두 번 다시 듣고 싶

않은 말은."

"나쁜 의미는 아니에요. 친구구나~ 생각하는 사람이라도, 랭크가 나뉘기는 하잖아요?"

"하잖아요? 라고 말해본들…… 구체적으로는?"

"먼저 가장 위인 A랭크, 굉장히 사이가 좋은 친구 존에는 슈와 마스터가 있어요."

"흠흠. 가장 위가 두 사람이라— 어라? 나는?"

혹시 나는 친구가 아니야? 라는 불안감이 들어서 물어봤다.

"루시안은 친구와 비교할 차원이 아니니까 따로 분류했어요. 루시안이 제일이라고 하면, 마치 두 번째가 있는 것 같아서 싫잖아요. 그러니까 루시안은 루시안뿐이에요."

"그, 그러십니까."

아코가 무슨 당연한 소리를, 같은 표정으로 말했다.

변함없이 아내의 사랑이 무겁다.

"그리고 A랭크의 기준은, 둘만 있어도 거북하지 않은 사람이에요."

"아…… 그렇구나."

확실히 같은 친구라도, 둘만 있어도 즐겁게 대화를 나눌 수 있는 사람과, 둘만 있으면 조금 거북해지는 사람이 있긴 하지.

랭크를 나눌 생각은 없지만, 그런 면은 조금 있을지도…….

"다음으로 B랭크. 여기엔 고양이공주 씨와 슈슈가 있어요."

"미즈키가 그렇게 랭크가 높았냐."

한때는 다이렉트 어택까지 했었는데.

"여기는 둘만 있더라도 어떻게든 대화를 할 수 있는 사람이니까요. 고양이공주 씨나 슈슈는 루시안의 예전 이야기를 해주거든요."

"잠깐. 고양이공주 씨는 모르겠지만, 여동생한테서 무슨 이야기를 듣는 거야?"

"아하하⋯⋯. 그건 뭐, 여러모로 있어요."

아코는 조금 쑥스러운 표정으로 말했다.

어이, 뭘 가르쳐준 거야?! 미즈키!

서로의 부끄러운 과거는 바깥에 누설하지 않는 것이 남매의 규칙 아니었더냐?!

"그러고 보니! 루시안, 이제 곧 생일이죠?! 왜 말해주지 않았던 건가요!"

"어, 생일은 안 가르쳐줬는데?!"

"분하긴 하지만, 그런 정보는 가족이 더 자세하더라고요."

"미즈키한테 들은 거냐!"

생일 같은 위험한 정보를 왜 가르쳐준 거냐. 여동생아!

하긴 그렇지! 오빠의 연인이 생일을 모르다니 상상도 못할 일이지! 너는 잘못 없어!

"다음 생일에 열일곱 살이 되네요. 함께 축하하고, 카운트다운 이벤트를 해요!"

"무슨 카운트다운인데?!"

"그야 앞으로 1년 남았잖아요."

"내가 열여덟 살이 되는 날에 뭘 할 예정이냐고, 아코!"

기다려, 이야기가, 이야기가 다른 데로 새고 있어!

"자, 다시 돌아가자. 흐름을 원래대로 돌리자. 아키야마의 이야기였잖아."

"그랬죠. 어어, 다음이 C랭크였죠. C랭크는, 약간은 사이가 좋은 기분이 드는 지인 존이에요. 여기에 세테 씨가 있어요. 클라우드 씨나, 검은 마술샤 씨도 이쯤이에요. 몇 명 있어요."

†검은 마술사† 씨를 제대로 발음하질 못하네.

"거기는 뭐가 기준인데?"

"둘만 있을 때는 거북하지만, 다른 사람과 같이 있으면 괜찮은 쪽이요."

그렇군. 그래서 아키야마와 둘만 있으면 큰일인 거구나.

이렇게 말하기는 좀 그렇지만, 역시 정말로 싫지는 않은 거구나.

가장 아래의 Z랭크, 최종보스 존에 있을 줄 알았다.

"참고로 C랭크, 다른 사람과 함께 있으면 이야기할 수 있는 존에는 사람이 더 많지 않아?"

그 정도 랭크라면 나에게는 같은 반 남자가 대부분 C랭크가 되는데.

"아뇨. 대부분의 사람은 D랭크. 루시안과 함께 있으면 괜찮은 존이에요."

"내가 없으면 안 되는 거냐."

"무리에요. 애초에 루시안 이외의 사람과 이야기하는 시점부터 괴롭다고요."

"네 인생, 난이도가 베리 하드구나……."

내가 없을 때는 어쩔 건데.

"부실에 사람이 늘어나서 모르는 사람, 세테 씨, 그리고 저, 이런 상황이 오면…… 루시안이 올 때까지 화장실에 틀어박혀 있을 거예요."

"그렇게 되지 않도록 하자."

모처럼 학교에 오게 되었는데, 반대로 부활동에 오지 못하게 되다니 딱하다.

"하지만 말이지, 이것도 곤란한 일이긴 하지만—."

부원 따위 모집하지 않겠어! 라며 전원이 한 덩어리로 뭉친다면 그건 그것대로 작전이 된다.

하지만 지금 현대통신전자 유희부는 다른 방향으로 가고 있단 말이지.

"다들 부원을 늘려야 한다고 생각하고 있잖아."

"세테 씨가 그런 방향으로 끌고 갔으니까……."

우리가 부원을 찾는 방향으로 이야기를 유도한 세테 씨.

그 결과, 나름대로 열심히 부원을 찾아다녔던 탓에 다들 『자신의 이상적인 후배가 입부해줬으면 좋겠다!』라는 기분이 남아있었다.

　신입부원이 필요하다면 찾자! 라는 분위기가 더 강하다.

　"그렇게까지 입부하고 싶었던 걸까. 아키야마……."

　합숙에서 모두 함께 정했잖아.

　진급하더라도, 지금처럼 현대통신전자 유희부로 있자고.

　그런데 어째서―.

　"그때, 아키야마도 동의해줬었는데……."

　"그랬던가요?"

　"어?"

　아코가 멍하니 나를 올려다보며 말했다.

　"세테 씨는, 부원이 많이 늘어나도 괜찮을 거라고 했었잖아요?"

　"……그랬던가?"

　"네."

　용케도 기억하네. 아코.

　"그럼 아키야마는 나름의 이유가 있어서 부원을 모집해야 한다고 생각하는 건가?"

　"그렇다고 생각해요."

　대체 무슨 이유일까?

　친구가 많은 편이 좋다는 단순한 이유는 아닐 거고…….

　"이건 세테 씨한테 따져서 책임을 지게 할 필요가 있겠네요."

　"그러게."

음, 하고 둘이서 고개를 끄덕인 순간, 바로 뒤에서—.

"어, 불렀어?"

그 말과 동시에 아키야마의 얼굴이 빼꼼 튀어나왔다!

"우와아아아아아아악!"

"꺄아아아아아아앗!"

"와앗!"

깜짝 놀랐어! 깜짝 놀랐다고!

절대 인카운트 하지 않는 맵에서 보스가 튀어나온 것 정도로 놀랐어!

"너무 놀라서 내가 더 깜짝 놀랐는데?!"

"그치만 나와 아코가 돌아가는 길에 끼어드는 사람은 없었다고!"

"응. 끼어들 분위기가 아니었으니까, 근처에서 보고 있었는데."

두 사람만의 공간이라는 느낌이었어— 라며 아키야마는 쓴웃음을 지었다.

"저, 저기, 세테 씨는 왜 여기에?"

"어어, 아카네랑 쿄우 선배가 부원 권유 작전회의를 한다고 남는다고 해서 혼자서 돌아가는 길이었는데……."

"그랬더니 우리를 따라잡았다는 건가."

"아코는 걸음이 느리더라."

"루시안과 함께 오래 있고 싶거든요."

"그렇구나~."

그런 이유로 천천히 걷고 있었던 거냐. 아코.

"그래서, 내가 어쨌다는 거야?"

"어어, 그게 말이죠."

뒷담화가 들린 것 같아서 죄책감이 들었다.

어떻게 말할까 고민하던 중—.

"당신의 범행은 명백해요! 깨끗하게 자백해주세요!"

명탐정 아코가 돌진했다!

"무, 무슨 소리야?! 나는 무고한데!"

"아뇨, 그렇지 않아요! 당신에게는 부원 모집에서 도망치지 말고 정면으로 부딪혀 부원을 모집하자고 유도했다는 용의가 있어요!"

"윽, 그 이야기는…… 무고하지 않을지도 모르지만……."

이 사람, 무고하다고 말한 지 5초 만에 죄를 인정했는데?!

어쩔 수 없지. 여기까지 들었으니 물어보자.

"어째서죠? 지금까지처럼, 그냥저냥 얼버무려가며 어영부영 1년을 이어가도 상관없었는데. 그렇게까지 해서 입부하고 싶었던 겁니까?"

"으~음. 입부하고 싶었던 건 사실이지만…… 그것 말고도 조금 다른 이유가 있었어."

아키야마는 복잡한 표정을 지었다.

"그것 말고도?"

"그냥 좀, 그거 있잖아. 잘 되면, 같은 노림수가."

"즉, 나쁜 짓을 꾸미고 있었던 거군요?"

"우우, 아코. 그런 말은 하지 말아줘."

아키야마는 곤란한 표정을 지으며 신발로 바닥을 툭툭 두드렸다.

"그때…… 합숙에서, 니시무라가 말했었잖아? 현대통신전자 유희부를 이대로 계속 존속시키고 싶다고."

"어어, 뭐……. 그래서 부원은 억지로 들이지 않아도 된다고 생각했던 건데."

뭐가 뭔지 모르는 사이에 부원을 찾자! 는 분위기에 삼켜지긴 했지만. 아니, 신나게 찾아다녔지만.

"나, 뭔가 잘못이라도 한 거야?"

내가 물어보자, 아키야마는 예쁘게 웃으며 말했다.

"잘못은 아니지만, 이대로 가면 조만간 모두 뿔뿔이 흩어지잖아?"

에에에에에엑?!

무서운 소리를 태연하게 하잖아!

"왜 그런 무서운 소리를 하는 건가요?!"

"으~음. 어떻게 말해야 좋을까."

무서워하는 아코의 머리를 토닥토닥 두드린 아키야마는 손끝을 입가에 댔다.

그대로 잠시 고민한 뒤—.

"저기 말이야, 아카네는 스트로베리 초코휩 크레페를 좋아해. 알고 있었어?"

"처음 들었어요."

"세가와하고 크레페를 먹으러 간 적이 없으니까 말이지."

그게 대체 어쨌다는 거지?

아키야마는 길 너머로 시선을 보내며, 앞으로 천천히 걸었다.

"입학한 지 얼마 되지 않은 무렵에는, 학교에서 돌아가는 길에 모두 함께 크레페 가게에 들렀었어. 아카네도, 이거 반드시 살찐다고 하면서도 매번 먹었었고."

"아아, 말할 것 같네요."

아코가 킥킥 웃었다.

옆을 걷는 우리를 힐끔 보던 아키야마도 마찬가지로 웃었다.

"하지만 어느 날부터 갑자기, 아카네는 같이 돌아가지 못하게 되었어."

그리고 그렇게 말하며 작게 숨을 내쉬었다.

"그건……."

"우리 부활동이……."

"응. 니시무라네하고 부활동을 시작했으니까."

―그래. 그랬었다.

친구가 많은 세가와가 혼자서 하교했으리라고는 생각할 수 없다.

부활동이 시작되기 전에는 함께 돌아가는 친구가 있었을 것이다.

억지로 꼬드겼지만, 그곳에는 세가와의 친구 관계도 있었을 텐데…….

"그건, 뭐랄까, 저기…… 미안하다고나 할까…….

"으응, 아냐아냐. 사과할 일은 아니야. 부활동에 들어간 아이는 아카네 말고도 있고, 방과 후에 뭘 하든 그건 아카네의 자유니까."

하지만, 하고 아키야마는 말을 이었다.

"함께 돌아가지 못하게 되어서, 아카네와 조금 거리가 생긴 아이도 있었거든. 아카네도, 그 아이도, 딱히 잘못하지는 않았어. 싸운 적도, 다툰 적도 없지만…… 그래도 멀어지게 되는 일이 있거든."

우리의 미래를 읽어내듯이 평탄한 목소리로 말했다.

"그런 일이 우리에게도 일어날 수…… 있다고?"

"분명 그럴 거야."

세테 씨는 미소를 지었다.

"예를 들면, 아카네가 마음이 맞는 오타쿠 여자아이 그룹을 찾아낼지도 몰라. 아코가 신부수업을 하기 시작할지도 몰라. 쿄우 선배가 대학에 가서 금전감각이 비슷한 친구가 생길지도 몰라."

"그건, 그럴지도 모르지만요."

아코는 고개를 숙이며 걷는 속도를 줄였다.

몇 걸음 앞으로 나온 아키야마는 우리 쪽을 돌아봤다.

"같은 게임을 한다, 라는 정도뿐인 동료는, 언제 분해되더라도 놀랍지 않잖아? 그렇지 않아? 아코, 니시무라?"

"⋯⋯."

"⋯⋯⋯⋯."

나와 아코는 말없이 마주 본 뒤, 동시에 입을 열었다.

"왜 그런 소리를 하는 거야아아아아아!"

"왜 그런 소리를 하는 건가요오오오오!"

"입 모아서 똑같은 소리 하지 말아줘!"

그치만! 아키야마가 심한 소리를 하잖아!

"그야, 그게, 그렇잖아! 확실히 언제 분해되더라도 이상하지 않지만, 그래도 줄곧 동료라고 생각하고 있다고!"

"제 유일한 친구들인데! 언젠가 버려질 거라고 알고 있더라도, 그럼에도 처음 생긴 친구는 믿고 싶어지잖아요!"

"진정해 진정해! 나는 두 사람 편이니까! 응?"

"어디가!"

이상한 불안감만 들게 만들기는! 대체 무슨 생각이야, 아키야마!

"그러니까, 모두 함께 부원을 찾아줬으면 했어. 모두가 다른 곳에서 찾고 있는 것들이 전부 모이면, 아무도 떨어지려고 생각하지는 않을 거잖아?"

"원하는 것을 전부……?"

"맞아. 각자의 『이상적인 부원』이 전부 모여 있으면, 다른 곳으로 갈 필요는 없으니까."

세테 씨는 씨익 웃으며 가슴을 폈다.

"그러면 우리는 언제나 함께 있을 수 있잖아! 그래서 다들 부원을 찾게 한 거야!"

"아…… 그런 꿍꿍이였던 거냐……."

"그러니까 꿍꿍이라고 말하면 나쁜 짓처럼 들리니까 그만 둬~."

아니아니, 완전히 꿍꿍이인데.

모두가 떨어지지 않기 위해, 온라인 게임부를 계속할 수 있게, 그걸 위해 사람을 늘리자! 라니…….

"으~음."

"니시무라는 찬성할 수 없어?"

"말하고 싶은 의도는 알겠지만…… 나는 반대야."

확실히, 인원이 늘고 부족한 부분이 채워지면, 그룹으로서 할 수 있는 일이 늘어난다고 생각한다. 하지만 그 이상의 리스크가 있지 않을까?

"나는 이상한 사람이 섞여서 곤란한 경우가 많을 것 같다는 생각이 들거든."

원래는 사이좋은 그룹이었는데, 맞지 않는 사람이 섞인 탓에 자신이 빠져나가는 경우─ 자주 있다.

"지금도 길드에 조금 이상한 사람들이 들어와서 거북하게
느껴지기도 하잖아?"

"우…… 그, 그렇긴 하지."

내 말을 들은 아키야마가 조금 움츠러들어서 고개를 숙
였다.

"저, 설령 슈의 이상이라고 해도, 멜로디아가 입부했다면
저는 그만뒀을 거예요."

"그렇겠지."

아코는 그 아이 엄청 무서워했으니까.

"마스터가 희망했던 사람은, 애초에 온라인 게임을 좋아
하지도 않았고."

"제가 데려온 아이는…… 루시안에게 추파를 던졌었고……."

"후타바는 그렇게 보여도 꽤 드센 아이였으니까."

체험 입부에 왔던 아이들을 떠올리면서 말했다.

그런 나와 아코를 보며—.

"……그랬었지."

아키야마는 작은 목소리로 말했다.

"예상 밖, 이었어."

"……뭐가 말야?"

아키야마는 홱 고개를 들었다.

"다들 그렇게 이상한 애들만 데려올 줄은 몰랐다고! 나도
그걸로 곤란했단 말이야! 앞으로 어쩔 거야?!"

그리고는 매달리듯이 말했다.

"에에에에에에엑?!"

"세테 씨도 예상 밖이었나요?!"

"평범한 사람을 데려올 거라고 생각했는걸! 그렇게 특이한 사람들만 데려올 줄은 생각도 못했어!"

"전원이 특수한 타입이니까, 그야 데려오는 사람들도 특수할 게 뻔하잖아요!"

"상상 이상이었다고!"

우와아아앙~! 하고 드물게도 정말 곤란한 모습이었다.

"자신과 맞지 않아서 도망쳐버리는 아이도 있을 거라는 생각은 들었지만, 나중에 내가 말을 해보면 될 거라고 생각했었는데…… 그 멤버들은, 아무리 나라도 어쩔 수가 없었어……."

아키야마는 머리를 감싸 쥐었다.

"휘두르고 다니는 건 포기한다고 해도, 어떻게 이야기를 수습할지는 정해놓으라고!"

"평범하게 네 명 정도 부원이 늘어나면 안정될 거라 생각했다고!"

"그런 어설픈 전망이 저희한테 통할 리가 없잖아요! 이러니까 리얼충은!"

"미안해!"

나와 아코가 화를 내자 아키야마는 시무룩하게 고개를 숙였다.

"여기는 내가 나서야겠다! 라며 건방지게 굴었습니다……
반성할게요……."

"그렇게 진지하게 사과할 건 없는데."

그녀 나름대로 우리를 위해 노력해준 거니까.

그렇게 침울해지면 이쪽이 오히려 미안하다고.

"게다가, 그것만이 아니라……."

아키야마는 나를 슬쩍 올려다보며 말했다.

"앞으로 어떻게 할지, 전혀 생각하지 않았어."

"대책도 없었던 겁니까?!"

"미안해! 너무 예상 밖이라서!"

아키야마가 꾸벅꾸벅 고개를 숙였다.

평소에는 여유가 있는 느낌인데, 이렇게나 당황했던 건가.

아니, 그렇겠지. 일부러 나와 아코를 쫓아왔을 정도로 절
박했을 테니까.

"미안해. 왠지 니시무라라면 어떻게 해줄 것 같아서, 상담
해버렸어."

"……어쩌죠? 루시안."

"으~음…… 생각해 보긴 하겠지만."

어떻게든 대책을 세워야겠다.

"바로 생각해 본다고 말해주는구나. 이럴 때 다들 무심코
니시무라에게 부탁해버리는 마음을 알 것 같아."

"너무 믿지는 말아줘."

정말로 민폐스러운 이야기였다.

이런 거, 하지 않아도 되는 고생이라고.

그래도 그저 나쁜 일만 있지는 않았다.

"……다들, 의외로 부활동에 부족한 부분이나 불만 같은 게 있다는 걸 알게 됐으니까."

좋은 일이긴 하다.

다들 의외로 원하는 것이 있다는 것을 알 수 있었으니까.

"나는 부활동에 불만이 없었지만, 다른 사람들은 그렇지 않았던 거네."

"니시무라는 그럴지도 모르지만 말이야."

아키야마가 쓴웃음을 지었다.

하지만 아코는—.

"……루시안도 숨기고 있는 불만이 있을 거라 생각하는데요?"

"또 그거냐…… 나도 뭔가 있는 걸까……."

"있어요. 분명히."

아코는 여느 때처럼 나를 바라보며 고개를 끄덕였다.

내가 숨기고 있는 불만…… 그런 게 있을까?

아니, 그건 일단 미뤄두고—.

먼저 현대통신전자 유희부의 존속을 위해 어떻게 할지 생각해봐야겠다.

††† ††† †††

"하아."

나는 도서실 의자에 앉는 것과 동시에 한숨을 내쉬었다.

아무런 타개책도 찾지 못한 채 며칠이 지났다.

슬슬 부활동 권유 기간도 끝나간다. 이대로 가면 폐부다.

"……선배."

옆에 앉아있던 후타바가 나지막하게 불렀다.

"부원, 안 모이나요?"

"뭐, 그렇지."

등을 홱 젖혀서 천장을 바라보며 대답했다.

"……."

"…………."

그대로 몇 분간 조용히 시간이 흘렀다.

"선배는."

다시 후타바가 작은 목소리를 꺼냈다.

"들어오라고, 말하지 않나요?"

"음…… 부활동에?"

"……."

후타바에게 시선을 돌리자, 그녀는 고개를 끄덕였다.

"나는…… 이라는 건, 다른 부활동에서는 들어오라고 하는 거야?"

"……."

다시 고개를 끄덕였다.

"어디에서 권유를 받았는데?"

"문예부, 만화연구부, 영어연구부, 수학연구부…… 등등."

"우와."

어른스러운 안경 소녀를 꼬드길 법한 부들이다.

"그거 큰일이네. 수고가 많겠어."

"……지쳐요."

후배는 진짜로 지친 목소리로 말했다.

"다들, 빨리 정하라면서 안달을 내서요."

드문드문 중얼거리듯이 말을 이었다.

"책, 만화, 공부…… 좋아하지? 들어와, 라고."

"그런 말을 들은 건가."

"아니라고 해도, 안 믿어요."

그리고 천천히 내게 고개를 돌리고는, 작게 고개를 갸웃
했다.

"그렇게, 공부, 책, 좋아하는 것처럼…… 보이나요?"

"왜 나한테 묻는데?"

"선배는."

조금 뜸을 들이고는―.

"좋아할 수 있을 것 같은지…… 물어봤으니까요."

"……."

그 말이 나온 이유는, 온라인 게임이라는 취미가 메이저 하다고 생각하지 않아서였는데.

뭐라고 대답을 해줘야 할까.

"으음, 어렵네. 그렇게 보이기는 하지만……."

오히려 다른 부분에서 곤란하다.

"나는 모두가 바라는 모습으로 있는 게 편하다고 느끼는 쪽이라서. 정해진 캐릭터에서 빗나가지 않으면 붕 뜨지 않을 수 있잖아."

오픈 오타쿠 캐릭터가 무너져버린 작년에는 조금 큰일이 었다.

"겉모습으로 상상할 수 있는 인간으로 있는 편이 인간관 계에서 편하지 않아?"

"……하지만, 그건, 진짜 자신?"

"철학적인 걸 묻는 후배네."

진짜 자신이라…… 그것도 어렵다.

"으음…… 나는 보는 대로, 오타쿠 같은 녀석이니까. 조금 폼 잡는 것 같은 생각을 갖고 있어."

"……네?"

"간단히 말하자면, 진짜 자신을 보여주는 상대는 적은 편 이 멋있어서 좋다는 소리지."

"……폼 잡네요."

"그러게."

전혀 폼 나지는 않지만.

"하지만 그렇게 생각하면 편하다고. 후타바도 평소에는 문학소녀 같은 표정을 하고, 친한 상대 앞에서만 활발하고 지기 싫어하는 모습을 보여주면 되잖아."

"……."

후타바는 멍한 얼굴로 나를 바라봤다.

"……저, 지기 싫어하나요?"

"아니야?"

"……모르겠어요."

모르는 거냐.

그럼 진짜 자신은 뭔데?

"뭐, 잘 모르겠지만. 어렵지, 인간관계란. 나는 그냥 포기했어."

"포기하면, 쓸쓸하지 않나요?"

"전부 포기해버리면 쓸쓸하겠지. 그러니까 뭐, 나는 그 부활동을 계속할 수 있도록 노력하는 거야. 그곳에는 진짜 자신, 이라는 모습으로 있을 수 있을 것 같으니까."

"……선배. 폼 잡네요."

"네가 꺼낸 말이잖아!"

내 탓이 아니라고! 진짜 자신이니 뭐니 말을 꺼낸 사람은 너잖아!

"나 참. 후배가 너무하네."

"……."

딩~동~댕~동, 하고 종소리가 울렸다.

자, 교실로 돌아갈까. 세가와네한테 잡힌 아코가 기다리고 있을 테니까.

돌아가기 위해 일어선 그때―

"……선배."

"응?"

말을 건 후타바는 할 말을 고르면서 입을 열었다.

"그 게임, 집에서도 가끔 해요."

"오오, 진짜?!"

"……좋아할 수 있을 지도, 몰라요."

"그거 다행이네. 그럼 부활동에 들어올래?"

"아직 타마키 선배보다는, 못해요."

"그렇구나."

끈질기게 권유하면 들어와 줄 것도 같았다.

부활동 권유 기간 종료까지 이제 시간이 없다.

여기서 그녀를 끌어들이면, 여러 문제들이 해결될지도 모른다.

하지만― 괜찮아. 이대로 있어도.

"같은 게임을 하는 동료야. 곤란한 일이 생기면 언제라도 상담해줘."

나는 엄지를 척 들었다.

†검은 마술사† 씨에게 들은 것처럼.

"……."

어른스럽게 보이는 것치고는 분위기를 잘 타는 후배는, 엄지를 척 들었다.

"그럼, 돌아가자."

"……네."

††† ††† †††

오늘은 청소당번이었다.

이런저런 고민을 하면서 복도를 쓸었다. 차라리 주변을 지나가는 1학년을 억지로 부실로 연행할까 생각할 정도다.

그 후 청소가 끝나고 부실로 돌아가자―.

"어, 어쩌죠?"

"우와~."

"이건…… 곤란하게 됐군……."

"너무 지나치네~."

이미 와서 앉아있던 부원들이 모두 곤란한 표정으로 화면을 보고 있었다.

"다들 그런 표정으로 왜 그래?"

"로그인해서 인사해 보면 알 거야."

뭐야, 그건?

아무튼 로그인은 할 테니까, 일단 해볼까.

여느 때처럼 로그인 화면을 지나 게임 속으로 들어갔다.

길드 채팅을 켜고―.

◆루시안 : 안녕하세요.

그렇게 인사를 친 직후.

◆아코 : 안녕하세요. 루시안.

◆머스통 : 안녕하세요.

◆†붉은 암살자† : 여어.

◆센치 : 안뇽.

◆†클라우드† : 아아.

◆메라룬 : 안녕하세요.

◆슈바인 : 오냐.

◆바소 : 안녀～엉.

◆너구리 사부 : 구리～.

◆서두의 켄지로 : 안녕하세요.

◆애플리코트 : 음.

◆디 : ↑와 같음.

◆밀크 : 안녕하세요ㅋ

◆참치 기대할 수 없어 : 안녕하세요.

◆소나무볼록 : 안녕하세볼록.

◆세테 : 안녕～.

뭐야, 이거?!

길챗이! 인사로 메워졌잖아!

"아직 늦은 오후라고! 언제 이렇게 늘어난 거야!"

"들어온 사람이 또 권유했으니까."

"다단계라는 녀석이군."

길드 멤버 전원에게 초대 권한이 있으니까, 누구라도 인원을 늘릴 수 있다.

즐거운 길드라고 생각한 사람이 많으니까, 호의로 친구를 권유해준 것이리라.

하지만— 그렇다 해도 상상 이상이다.

늦은 오후에 이 정도 인원이라니, 무슨 대형 길드냐고?!

"우우우, 모르는 사람들뿐이라 무서워요."

"자칫하면 TMW에 아는 사람이 더 많을 정도야."

"우우우, 곤란하네~."

더 이상 우리 길드라는 감각이 없다.

강탈당한 기분이었다.

◆메라룬 : 아직도 혈검 없는데요.

◆머스통 : 루시안 씨. 피로시키 탱 부탁드릴 수 있나요?

아아, 채팅이 흘러간다.

◆루시안 : 미안, 지금은 조금 무리.

◆슈바인 : 너무 부탁하지 말라고. 솔로라도 레벨 올릴 수 있잖아.

◆서두의 켄지로 : 이 몸ㅋㅋㅋ

◆슈바인 : 뭐야 인마.

◆아코 : 싸움은 안 돼요~.

◆센치 : 그래, 아코가 곤란해 하잖아.

◆아코 : 아뇨, 당신한테 한 말이 아닌데요.

◆디 : ㅋㅋㅋ

◆센치 : 왜 웃는 건데.

◆밀크 : 통, 나랑 갈래?

◆머스통 : 아, 갈게요.

◆메라룬 : 혈겁 빨리.

우와아아아! 이제 엉망진창이야!

"우리 길드인데, 있기 거북해! 뭐야 이거!"

"그렇다니까, 곤란해졌어……."

단숨에 엄청 늘어나서, 초기 멤버인데도 누가 누구인지 전혀 모르겠다.

"아이템 빌려달라거나 레벨 올리기 도와달라거나 흑심밖에 안 보이는 말을 걸어오거나…… 길챗이 심각해."

"평범한 대화도 하고는 있지만, 악화가 양화를 구축하는 셈인가."

보고 있으면, 도저히 눈 뜨고 봐줄 수 없는 대화가 눈에 들어오고 만다.

"저기, 이럴 때는 어떻게 해? 쿄우 선배가 이 중에서 좋지 않다고 생각하는 사람을 쫓아내기도 해?"

아키야마가 몇몇 이름을 콕콕 찌르며 물었다.

아니아니, 추방은 간단하지 않다고.

"우리가 모르는 사이에 가입한 사람도 이 길드의 누군가에게 초대받아 들어온 사람이야. 저쪽에서 멋대로 들어온 게 아니라고. 마스터의 독단으로 쫓아내면 미안하잖아."

"음…… 너무 난폭한 수단이지."

어지간히 인망이 있는 길드 마스터가 아닌 이상, 독재는 반드시 불평이 나온다.

멋진 길마가 완벽하게 운영한다고 해도— 명백하게 이상한 사람이 이상한 불평불만을 꺼내는 것은 역시 막을 수 없는 법이다.

"하지만 옛날에는 문제가 있는 사람을 쫓아낸 적도 있었다면서?"

"길원이 적었으니까, 멤버 전원이 동의해서 어쩔 수 없이 추방하게 된 거야. 하지만 이 인원이라면……."

"추방한다고 했다간 왠지 모르게 그냥 반대한다는 사람이 많겠네."

선악의 이야기라면, 새 멤버를 받아들이려고 노력한 것이 선한 행위가 된다.

우리가 만든 길드라고 해서, 지금까지의 분위기와 맞지 않는다, 우리가 민폐라고 생각한다며 억지로 쫓아내는 것은 좋지 않다.

"그럼 평범한 길드는 어떻게 하는데?"

"일부 멤버를 간부로 삼고 그쪽에서 상의해서 결정한다든가, 그렇게 하지."

"길드에 대한 공헌도로 랭크가 정해지고, 그에 따라 발언권이 달라지는 타입도 많다."

"⋯⋯."

아키야마는 복잡한 표정으로 잠시 침묵한 뒤, 조용히 말했다.

"커다란 길드가 이상한 계급제도를 만드는 데에는 어엿한 이유가 있는 거구나."

"인원이 모이면 반드시 문제가 생긴다. 어쩔 수 없지."

마스터가 마치 경험이 있다는 듯이 떨떠름한 표정으로 말했다.

"저희도 간부 시스템 할래요? 대간부 아코의 권한으로 추방합니다! 라든가."

"멤버 사이에 위아래가 있는 것 같아서, 그다지 하고 싶지는 않은데⋯⋯."

"본심을 말하자면, 초기 멤버 이외의 사람은 간부로 임명할 생각 없잖아. 결국은 우리의 독재야."

"⋯⋯그럼 어쩔 거야?"

어쩌지, 어쩌지 하고 되물어도, 어쩔 도리가 없다.

하지만 이대로 가면 안 된다.

어떻게든, 어떻게든 해야 해.

그렇게 해서 열리게 된, 현대통신전자 유희부 긴급회의.

"이제 시간이 없다. 시급하게 타개책을 생각해줬으면 좋겠다."

마스터가 무거운 목소리로 말했다.

"타개책이라고 해도 말이지······."

곤란하다.

정말로 곤란했다.

길드 앨리 캣츠는 대량으로 들어온 새 멤버들 탓에 이제 우리만으로는 제어할 수 없는 상태.

부활동 쪽은 폐부냐, 모르는 신입부원을 강제적으로 들이느냐, 양자택일이라는 외통수 상태다.

이대로 가면 우리가 있을 곳이 어디에도 없어진다.

"길드에 대해서는 일단 내버려두고, 먼저 부활동이야. 누군가 입부시켜야 하지 않아?"

"하지만 지금부터 새로 찾을 시간은······."

"그러니까 도망친 아이를 다시 한 번 권유해 보는 거야."

"이미 다른 부활동에 들어간 거 아니야?"

"아니."

내가 비관론을 꺼냈지만 마스터가 고개를 저었다.

"타카이시 료카, 마츠다 멜로디아, 카미미야 코이치, 후타바 미캉. 네 명 모두 어느 부에도 입부하지 않았다."

"그, 그거 누설해도 되는 정보야?"

"부원의 가입 현황은 학생회에서도 관리하고 있다. 이쪽은 학생이다. 묵비 의무 따위가 있겠나."

"윤리적인 문제는 있을 것 같은데……."

아키야마가 쓴웃음을 지었다.

"그럼 아직 찬스는 있는 거네."

그러면서 주먹을 꽉 쥐었다. 뭐야, 다시 챌린지하자고?

"하지만 열심히 꼬드겨서 전원이 입부해버리면, 이제 다른 부활동이 될 것 같아요."

아코가 불안한 듯이 말했다.

"그야말로 지금 길드처럼 강탈당할지도 몰라요."

"그런 사태는 상상도 하고 싶지 않아."

세가와가 질린 듯이 화면을 봤다.

"그럼, 권유한다면 한 명 정도로 해야겠네."

"그 정도라면, 뭐……."

길드도, 한 명 늘어나는 정도라면 분위기는 변함없을 테니 괜찮을 것 같았다.

하지만 †클라우드† 씨가 들어온 시점에서 현실 이야기는 하지 못하게 되었고, 조금 다른 길드가 되어버린 것 같단 말이지.

그런 나의 마음과는 상관없이 이야기는 진행됐다.

"한 명만이라면, 멜로디아겠네."

세가와가 팔짱을 끼며 말했다.

"아카네하고는 취미가 다르지 않았어?"

"그건 표면적인 거고, 마음속에서는 서로 통하고 있다고."

"그런 정신적인 이야기를 해본들 말이지……."

"그치만 입부시킬 거라면 역시 오타쿠 계열을 이해하는 애가 좋잖아. 오히려 너희가 데려온 1학년 쪽이 오타쿠 같지 않았다고."

세가와의 시선을 받은 마스터가 강하게 고개를 내저었다.

"하지만 료카 군의 열의는 버리기 아까웠다. 나로서는 다시 한 번 말을 걸어보고 싶군."

"그 아이는 권유해도 절대 안 올 거야."

"그녀는 나를 존경해서 와준 거다. 이야기를 해보면 이해해줄 게 틀림없어."

"에이, 카미미야가 낫지 않나요?"

아코도 손을 들었다.

"니시무라를 뺏길 테니까 안 된다고 네가 그랬잖아!"

"그것만 확실히 타이르면, 다른 부분에서는 가장 좋았다고 생각해요."

아아, 옥신각신하기 시작했다.

이제 시간이 없다. 이대로 가면 폐부다. 길드의 일도 해결되지 않았다.

이거 대체 어떻게 해야 하지?

"루시안은 카미미야, 찬성하죠?"

"니시무라. 이렇게 되면 내가 아무나 데려올 테니까, 그 아이로 하지 않을래?"

"그보다 니시무라가 데려온 아이는 어떤데? 그 아이 꽤 내켜하지 않았어?"

"루시안의 의견은 어떠냐?"

왜 잠자코 있으니까 나한테 묻는 건데? 나는 딱히 부원은 필요 없다니까?

지금 부에 불만은 없고, 아무것도 곤란하지 않다.

아니, 현재진행형으로 곤란하긴 하지만, 그건 내가 해결해야지.

어떻게든, 어떻게든 생각을— 어라?

그보다 내가 어떻게 해야만 하는 문제인 건가? 이거—.

내가 아니라도 상관없지 않아?

왜 내가 어떻게 해야만 하는 건데?

좀 더 이렇게, 나 말고 이런 국면에서 함께 고생해주는 사람이 있어도 되잖아.

"앗!"

아— 그런가.

알았다. 알았다고. 내가 불만으로 생각하던 것.

이 부에 부족하다고 생각했던 것. 내가 진짜로 원하는, 신입부원.

"알았어. 알았다고."

나는 네 사람을 향해 입을 열었다.

"내가 원하는 건— 서브 마스터야!"

"뭐?"

네 사람의 어리둥절한 시선이 쏟아졌다.

뭐야, 그 의아한 표정은? 내 의견을 원한다고 했잖아.

"그러니까, 섭마가 갖고 싶다는 거야."

"섭마라니…… 길드? 그건 너잖아."

"그래, 그 말이 맞아."

길드 앨리 캣츠의 서브 마스터는 수수하게 나다.

하지만 문제는 그게 아니라—.

"길드는 넘어가고. 부활동에서는 부장이 길마고, 부부장이 섭마라는 느낌이잖아."

"그러네요."

"애초에 부부장도 루시안이다만."

마스터가 말했다.

응. 실은 부부장도 나다.

부부장은 일이 없고, 부장 회의에 나가지도 않으니까 딱히 상관없었다.

그 대신 마스터의 보좌로서, 모두에게 무슨 일이 생겼을 때 어떻게든 해결해야 한다는 생각에 열심히 노력해왔다.

딱히 의무감으로 하고 있지는 않지만, 내가 맡는 것이 자연스러웠다.

섭마니까. 부부장이니까.

"하지만 가을에 마스터가 부장 자리에서 내려오면, 누군가가 부장이 되겠지?"

"그때는 루시안이 부장이네요!"

"너 말고는 없잖아."

"……뭐, 그럴 거라 생각했으니 상관없지만."

그건 이미 단념했다.

하지만, 부장 이외도 필요해.

"그럼 그때, 새로운 부부장도 필요한데…… 누가 하는데?"

"……."

순간 잠잠해진 뒤―.

"슈가 좋을 거라 생각해요."

"나나코가 베스트네."

"아코 아냐?"

2학년 세 사람이 서로 다른 사람의 이름을 불렀다.

"그렇지?"

나는 세 사람을 보며 말했다.

"그러니까 섭마가 필요한 거야."

일어서서, 주먹을 꽉 움켜쥐고, 그다지 말하지 않았던 불만을, 힘껏 입 밖으로 꺼냈다.

"너희들, 그렇게 남에게 성가신 일을 떠넘기지 마! 내 일이 아니라고!"

아아, 입 밖으로 꺼냈더니 개운해졌다!

내가 후타바를 권유했던 이유는, 딱히 미즈키의 친구라거나 조용한 아이였기 때문이 아니었다.

어른스럽게 보이면서도, 선배를 상대로도 할 말은 확실히 하는, 부부장 타입의 아이였기 때문이다.

무슨 일이 생겼을 때, 일단 내가 어떻게든 해주겠지 같은 생각이 싫다.

딱히 나만 책임이 있는 게 아니잖아! 이상하다고!

"이번에도, 너희들 하고 싶은 말만 늘어놓고 최종적으로 어떻게 할지는 나한테 던질 생각이었지! 어째서냐고!"

"그야, 루시안이 정하면 다들 납득하잖아요."

"네가 가장 중립적인 의견을 내잖아."

"루시안이 믿음직하니 말이다."

"나는 이미 두 손 들어서……"

그렇지 않다고. 누구의 의견이든 소홀히 여기는 길드가 아니란 말이야.

다들 내가 정말로 곤란할 때는 도와주고, 협력도 해주잖아.

"너희들…… 좀 더, 처음부터 힘을 빌려달라고. 나도 힘낼 테니까, 모두 함께 힘내자."

사실은 믿음직한 동료를 둘러보며―.

"그렇게 할 수 있다면, 나는 신입부원은 필요 없어."

불만은 있다.

이상적인 부원도 있다고 생각한다.

그럼에도, 나는 이대로가 좋다.

"지금 멤버로 해나가는 게, 나의 이상이야."

그것이 내 의견이다.

"……그게, 니시무라가 숨기고 있던 본심?"

"숨기고 있던 건 아닌데."

지금 깨닫긴 했지만.

"……."

그보다 아코, 싱글벙글 거리며 나를 보고 있는데, 너 실은 알고 있었던 거 아냐?

왠지 아코의 손바닥 위에서 놀아난 것 같아 조금 진정이 안 된다.

아니, 설마……. 착각이겠지.

"이게 내 주장이야. 다들 어떻게 생각해?"

전원에게 물었다.

"니시무라한테서, 모두가 서브 마스터 일을 도와준다면 새로운 부원은 없는 편이 낫다는 의견이 나왔는데…… 다들 어때?"

아키야마가 재미있다는 듯이 웃으며 전원을 둘러봤다.

"자기가 권유했던 아이, 입부시키고 싶다고 했는데…… 정말로 그래?"

"……."

"…………."

"……."

잠시 침묵이 이어졌다.

컴퓨터 팬 소리만이 부실 안에 울렸다.

"실은, 저도."

가장 먼저 아코가 입을 열었다.

"그다지 부원은 늘리고 싶지 않아요."

그리고 조심조심 말했다.

"저는 딱히, 못하는 사람이 입부해서 『선배 굉장해요~!』라는 말을 듣고 싶었던 건 아니에요."

"그건 거짓말이야."

세가와가 진지하게 태클을 걸자 아코는 크게 양손을 내저었다.

"거짓말 아니에요! 그게, 사실은 후배가 아니라— 모두에게 『굉장하다!』는 말을 듣고 싶었던 거라고요!"

아코는 천천히 의자에서 일어났다.

"이상하잖아요. 다들 저보고 못한다고 그러고, 확실히 잘하지는 못하지만…… 저도 특기는 있어요."

그리고 화면 속에서 귀여운 차림으로 앉아 있는 『아코』를 가리켰다.

"오늘 입은 이 옷, 전부 스스로 만들어서, 색을 입히고, 파츠 합성해서 조합한 거예요. 엄청 귀엽죠?"

"그러네."

"아코는 외모에 힘을 주고 있으니까."

"아코, 게임 속에서는 언제나 세련된 차림이지."

"맞아요!"

아코는 으흠, 하고 가슴을 폈다.

"이런 귀여움을 만들어내는 생산 스킬! 저는 제대로 올리고 있어요! 전부 스스로 만들었다고요! 하지만 다른 분들은 전혀 올리지 않잖아요! 아무것도 못 만들죠?!"

"그건 그렇지만."

우리는 전투 플레이만 하고 있으니까 말이지.

"딱히 올린다고 손해를 보는 것도 아닌데, 아무도 올리지 않잖아요."

"나는 조금, 귀찮아서……."

평소 쓰는 전투 스킬은 올리는 데에 귀중한 포인트를 쓰니까, 무엇을 올릴지 신중하게 고민할 필요가 있다.

하지만 생산 스킬은 올리는 데에 포인트가 필요하지 않다.

그것을 100개 만들어라, 하이 퀄리티 아이템을 100개 만들어라 등의 스킬 수련이 있지만, 그것만 클리어하면 무조건 스킬 레벨이 올라간다.

단지, 올려봤자 전투능력은 전혀 변하지 않는다.

전투능력은 변하지 않는데 올리려면 엄청 귀찮다.

게다가 생산 성공률에 능력치가 관련되기에 좋은 물건을 만들려면 생산 전용 캐릭터를 만드는 편이 효율이 좋다.

그렇기에…… 우리는 전혀 올리지 않았다.

"하지만 그거, 무척 도움이 되었잖아요!"

아코가 말을 이었다.

"집을 만들 때도 부족한 소재는 제가 열심히 만들었고! 가끔 퀘스트로 아이템이 필요해지면 제가 만들었고! 옷을 만드는 스킬이라든가, 액세서리를 만드는 스킬이라든가, 밥을 만드는 스킬이라든가, 전부 제가 가장 높다고요!"

"그, 그렇지. 대단하다고 생각해. 응."

아코는 여러 스킬에 손을 대고 있기 때문에, 뭔가의 프로인 건 아니지만 생산 스킬이 꽤 높았다.

아코가 하고 있으니 괜찮을 것 같아서 생산 스킬에 손을 댄 적은 없는데…… 여, 역시 불만이었나?

말하면서 흥분했는지, 아코는 손짓 발짓을 해가면서 호소했다.

"애초에 생산 스킬을 올리면서 레벨을 올리고 있으니까, 모두보다 레벨 올리는 게 늦어지는 건 당연해요! 조작을 조금 못하게 되기도 하겠죠! 저는 전투, 생산 겸임 플레이어니까요! 조금쯤은 관대하게 봐줘도 되잖아요!"

"그렇지만 조금은 더 능숙해져도 될 거라 생각하는데."

"슈는 스스로 검 수리를 할 수 있게 되고 나서 말해주세요!"

"NPC에게 부탁할 거니까 괜찮잖아! 조금 비싸지만!"

세가와는 필사적으로 반박했다.

하지만 나는 알고 있다.

"너, 던전 안에서 내구도가 떨어져서 싸우지 못하게 되니까, 아이템이 부족하다고 거짓말해서 돌아간 적 있잖아."

"너도 하고 있잖아!"

"나는 내구도가 없어지기 전에 레벨이 올라가서, 다음 무기로 바꾸니까 괜찮은데?"

"내 지팡이는 아코 군이 수리해주니 문제없군."

"문제 있어요! 전원 글러먹었어요! 전원!"

아코가 탁탁 책상을 두드렸다.

"다들 좀 더 전투 말고 다른 곳에 눈을 돌려서, 여러 스킬을 올려주세요! 그러면 그거 어떻게 만들어? 그 소재 어디 있어? 가르쳐줘 아코 선배! 등, 저도 그럴싸한 느낌이 드는 위치에 설 수 있게 될 거예요!"

"너 자기 욕망을 숨길 생각이 없구나."

"평소에는 허접 포지션이니까 조금은 괜찮잖아요! 오히려 다들 생산 스킬이 너무 낮아요!"

아코는 울컥울컥 화를 내며 말했다.

화내는 아코에게는 미안하지만…… 왠지, 조금 감동했다.

그 소극적인 아코가, 나나 길드 동료들을 상대로도 실은 미움 받는 게 아닌가 하고 신경을 쓰던 아코가— 이렇게 확실히 자기 마음을 내보이다니……

"성장했구나, 아코…… 나는 기뻐……."

"왜, 왜 쓰다듬는 건가요?! 화내지 않는 건가요?!"

화 안 내, 화 안 내.

오히려 미안해. 아코는 전투는 못해도 특기는 엄청 많다는 걸 알고 있었는데도 역시 못하네~ 라고 말해버린 적이 있었는걸.

"화낼 생각은 없어. 없지만…… 그런 거라면 나도 할 말이 있어."

그때, 세가와가 뺨을 실룩거리며 말했다.

"너희들, 전원!"

그러면서 스윽 우리를 둘러봤다.

"오타쿠 주제에 수비 범위가 너무 좁아!"

"무, 무슨 뜻인가요?"

"그야 뻔한 거 아냐?! 왜 만화는 안 읽는데! 애니도 안 보고! 책도 안 읽고!"

"읽고 보는데……."

내가 작은 목소리로 중얼거리자, 세가와는 힐끗 나를 노려봤다.

"네가 체크하는 건 반 남자들이 화제로 들먹이는 것밖에 없잖아!"

"네, 네엣! 그렇습니다!"

무서워! 화, 화내고 있잖아! 왜 화내는 거야?!

"니시무라는 참고 넘어간다 치고, 나나코! 아코! 마스터!"

"네, 네엣!"

"뭔데?!"

"뭡니까!"

세가와의 박력 앞에서 마스터까지 존댓말로 대답했다.

"너희들은, 여자 오타쿠로서 자각이 부족해! 게임만이 아니라, 좀 더 넓은 시야를 가지라고!"

"구체적으로는 어떤 걸 말하는 건가요?"

아코가 조심조심 물었다.

세가와는 당당하게 단언했다.

"여자아이한테 인기 있는 소녀만화라든가, 소년만화라든가, 여성향 만화 같은 거!"

이 녀석, 정색하고 나왔어!

"어, 저기, BL에 이해를 가지라는 건가요?"

"아니야! 그보다 여자에게 인기 이콜(=) BL이라는 인식은 그만둬!"

세가와는 방금 전 아코처럼 열변을 토했다.

"그, 저기, 좀 더 이렇게, 보고 있는 것만으로도…… 아아,

존귀하구나— 같은 느낌이 드는, 그런 장르가 이 세상에는 있다고! 그쪽으로 시선을 돌려보라는 거야!"

무슨 소리를 하는지 전혀 모르겠습니다만.

"반에서 읽는 애들이 때때로 있긴 하더라."

"쉬는 시간에 같이 만화 읽는 그룹, 있긴 하죠."

아키야마와 아코가 그렇게 말했지만, 세가와는 그게 아니라는 듯이 어깨를 으쓱했다.

"그렇게 대놓고 읽는 건, 그건 그것대로 좀 아닌 것 같아."

"복잡하네……."

"그건 안 되는 건가."

마스터가 곤란한 표정을 지었다. 마스터는 잘 모르는 세계겠지.

"깔볼 생각은 없지만, 당당하게 굴 생각도 없어. 그저 단순하게 너희들과 이상을 공유하고 싶다. 나는 그런 말을 하고 싶은 거야."

하는 말은 아름다웠다.

아름다운 말로, 우리에게 여성향 장르 진출을 추천했다.

넌 악마냐.

"하지만 요즘 여성향 만화는 성적인 묘사에서 과격함이 조금 문제라고 들었는데."

"짤방에 오르기도 하죠."

"그런 어디서 들은 정보에 넘어가서 현실을 보지 않는 게

올바른 오타쿠야?! 읽어보라고! 재미있으니까!"

세가와가 컴퓨터를 가리켰다.

"그러고 나면, 내 슈바인을 좀 더 다른 시선으로 보게 될 거야! 램페이지 소드로 적을 다섯 마리 쓰러트렸을 때 반짝 빛나는 미소를 짓는 거라든가, 그런 세세한 부분에서 캐릭터를 만들고 있다는 걸 알게 될 테니까!"

"너 그런 짓을 하고 있었냐."

롤 플레이에 여념이 없다. 생각보다 진지했던 모양이다.

"즉, 나는, 동지를 갖고 싶다고! 가능하다면 너희들과 동지가 되고 싶었다고! 하지만 그런 어리광은 부릴 수 없으니까, 처음부터 같은 클러스터에 있는 후배를 찾은 거야! 알겠어?!"

"네, 네에……."

아코가 멍하니 끄덕였다.

말을 마치고 거친 숨을 몰아쉰 세가와가 마스터를 돌아봤다.

"내가 하고 싶은 말은 했으니까, 마스터도 해봐. 뭔가 있을 거 아냐."

"아니, 나는……."

마스터가 말문을 흐렸다.

"나도 듣고 싶은데."

마스터의 본심, 들어보고 싶다.

"그래요, 말해 봐요."

"기왕이니까 쿄우 선배도 말해봐."

다들 그렇게 말하자—.

"굳이 말하자면, 말이다."

그렇게 서론을 깐 마스터가 입을 열었다.

"다들, 내 과금을 너무 막는 것 아니냐."

……어?

그게 불만이야?

"막아도 멈추지 않는 게 문제인데."

"애초부터 막아달라고 부탁한 적도 없다만."

"부탁을 받지는 않았지만, 왠지 친구로서 막아야 한다는 기분이 들어서."

세가와가 곤혹스러운 표정을 짓자 마스터도 끄덕였다.

"음. 그 생각을 이해 못하는 바는 아니다. 일반적으로 게임의 과금은 취미에 그칠 수 있는 범주 안에서 하는 것이라는 공통 인식이 있으니. 다들 호의로 나를 막고 있다는 것은 이해할 수 있다."

하지만, 하고 마스터는 말을 이었다.

"생활에 무리가 있는 과금을 하고 있다면 모를까, 나는 내 재산에서 여유가 있는 범위 안에서 과금을 하고 있을 뿐이다. 즉, 취미의 범주지. 막을 이유가 있는 건가?"

마스터는 당당히 가슴을 폈다.

"내 과금으로 서버가 유지되고, 새로운 패치가 생기고, 다음 맵이 만들어진다. 개인의 소비가 경제를 돌리고, 이 나라의 경기에 좋은 영향을 주는 거다. 훌륭한 일 아니냐. 왜 과금이 나쁜 것처럼 말하는 거냐."

그건 그렇다. 과금전사 덕분에 게임이 운영되고 있다는 것은 부정할 수 없다.

"그래도, 그건 쿄우 선배가 아니라도 괜찮잖아."

"반대로 말하면, 내가 되어도 괜찮을 거다."

"낭비가 아니라는 건가요?"

"그렇지!"

마스터도 흥분한 모양이다.

우리를 교육하듯이, 소리 높여 외쳤다.

"확실히 과금은 낭비일지도 모른다. 하지만 과금을 비난하는 인간은 낭비를 하지 않는 건가? 결국은 다른 낭비를 하지 않을까? 애초에 낭비란 나쁜 일인가? 그리고, 무엇보다도!"

마스터는 타오르는 눈동자로 말했다.

"사실은, 다들 마음속으로 중과금을 동경하고 있을 거다!"

"으⋯⋯!"

우리가 움츠러들자, 마스터가 계속 말했다.

"너희들, 내게 과금을 그만두라고 말하면서도— 실제로는 스스로 과금하고 싶은 것 아니냐!"

"그, 그건 저기……."

세가와가 말꼬리를 흐렸다.

아코는 순순히 수긍했다.

"용돈에 여유가 있다면 하고 싶어요."

"그렇겠지! 그리고 나는 여유가 있다! 그러니까 과금하고 있다!"

다시 말해! 라면서 마스터는 양손을 펼치고는―.

"좀 더 내 과금에『좋겠네~ 부럽다, 동경하게 된다니까~』라고 말해다오!"

그렇게, 단언했다.

"……."

"…………."

어쩌지, 라는 분위기가 흘렀다.

저기, 그게 불만이었어?

과금하면 다들 화내니까, 자랑할 수 없는 게 싫었어?

"……부러워해줬으면 좋겠어?"

"음!"

아키야마가 조심조심 묻자 마스터는 웃으며 대답했다.

"굳이 말할 것도 없겠다만, 나는 모두에게 의기양양한 웃음을 짓고 싶어서 과금하고 있는 거다. 부디 적극적으로 부러워해줬으면 좋겠다."

"비뚤어진 이야기네."

"하지만 마음은 알겠어요."

그렇지. 그 이상의 과금은 그만두라고 말하면서도 내심 부러워했던 건 사실이니까.

나도 돈이 넘쳐난다면 과금하고 싶다.

항상 경험치 상승 아이템을 쓰고 싶다. 원하는 아이템이 나올 때까지 뽑기를 하고 싶다.

못하니까 안 하는 거고, 분명 할 수 있어도 하지 않으리라 생각하지만— 그래도, 한다면 기분이 좋을 것이라 생각한다.

"그리고, 좀 더 나를, 그리고 내 아이템을 의지해다오. 어차피 꽝으로 뽑힌 소비 아이템은 남아돈다. 뭣하면 『전원 과금 아이템밖에 쓰지 않는 사냥』을 기획하도록 하마."

"거기까지는 의지하지 않아."

우리가 절도를 지키는 게 중요하다고 말하자—

"확실히, 초대면에 가까운 인간이 의지하는 것은 바라지 않는다만……."

마스터는 조금 쑥스러워하며 말했다.

"나는 너희들이 의지해줬으면 좋겠다."

"……의지해줬으면 좋겠어?"

"의지해줬으면 좋겠다."

두 번 말했다.

"마스터 덕분에 살았다. 마스터 덕분에 잘 됐다. 고마워 마스터…… 그런 말을 듣는 것이 내 삶의 보람이다.”

“평소에도 도움을 받고 있는데요?”

아코가 당연하잖아요, 라면서 말했다.

마스터의 덕분에 다행이었던 적은 무척 많다.

평소 사냥에서는 광역 딜러인 마스터가 우리의 주력이고, 합숙도 마스터가 없었다면 절대로 불가능했다.

“너희들의 거리감은 고맙다고 생각한다. 결코 과하게 의존하지 않고, 서로의 분야를 파악하고, 친한 사이라고 해도 실례가 없도록 행동하지. 멋진 일이다. 하지만 무상 봉사는 장기간 이루어지더라도 허용하고, 유상의 조력은 사양하는 것. 그건 조금 쓸쓸한 기분도 든다. 시간도 자금도, 똑같은 자산 아니냐!”

그러면서 자기 가슴을 툭 쳤다.

“우리는 이미 충분히 친해졌다. 슬슬 사양할 필요가 없어지더라도 좋을 때라고 생각한다. 이렇게 좋은 ATM은 좀처럼 없을 거다. 좀 더 의지해라, 자!”

자, 의지해라! 라면서 양팔을 벌렸다.

더 이상 뭘 의지해야 할지 생각이 안 나는데.

“예를 들어 어떻게 의지해줬으면 좋겠는데?”

“글쎄다…….”

마스터는 잠시 고민하고는 탁 손을 쳤다.

“모두 함께 해외로 가고 싶다거나.”

"아니아니아니아니아니."

태연하게 터무니없는 소리 하지 마.

"분명 즐거울 텐데?"

"귀엽게 말해도 안 되거든?!"

"허니문은 해외로……."

"아코, 돌아와!"

"으음, 안 되나."

그 레벨로 의지하기를 바라는 거야?!

규모가 너무 크지 않아?!

"뭐, 아무튼."

마스터는 어흠 하고 헛기침을 했다.

"나와 마찬가지로, 희생을 지불할 각오가 있는 사람이라
면 서로 존경할 수 있으리라 생각해서 그런 부원을 모집하
고 있었던 거다."

"과금병사는 그런 모집 내용에는 안 와."

"그게 오산이었지."

그런 계산이 있었을 줄은 생각도 못했다.

하지만 마스터도 생각하는 바가 있어서 부원을 찾고 있었
겠지.

"아, 그럼 나도!"

이번에는 아키야마가 손을 들었다.

"세테 씨의 본심은 얼마 전에 들었어요."

"그랬지~! 오늘까지 남겨놨으면 좋았을걸!"

대(大) 후회인 모양이다.

뭐, 어때. 그게 있었으니까 나도, 다른 모두도 본심을 말할 수 있었던 것 같고.

그렇다. 본심이다. 다들 감추고 있던 본심이 있었다.

"······할 말은 다 했네."

"그러네요."

"그러네."

"음."

"그러게~."

서로를 마주 봤다.

다들 이 부활동에 갖고 있던 불만을 입 밖으로 꺼냈다.

다만, 내가 진지하게 생각해봤는데―.

"······기합을 넣고 말해보긴 했는데."

하아, 하고 한숨을 내쉬었다.

"다들 사소한 불만이네~."

정말로 걱정할 정도는 아니었다.

사소하네~ 라면서 웃어넘길 정도로, 조그만 본심이었다.

"너한테 듣고 싶지 않아. 섭마 일이 그렇게 귀찮았으면, 사실대로 말해줬다면 우리도 협력했을 거라고."

"맞아요. 부부잖아요. 루시안!"

"부부는 아니거든?"

"부부에요."

이쪽은 변함없이 평행선이네!

"마스터의 과금도, 저는 줄곧 부러워했거든요!"

"아코, 그건 대놓고 할 말이 아니야."

"나는 오히려, 이런 성가신 상황을 어떻게든 하고 싶을 때 마스터에게 의지하고 싶은데."

"이, 인간관계는 돈으로 해결되지 않아서 말이다…… 나로서는 좀처럼……."

젠장. 의지해줬으면 하는 거 아니었어?!

"저기, 마스터. 의지해도 좋다면, 부탁이 있는데……."

"뭐냐 뭐냐."

바로 의지하기 시작하자 마스터가 기뻐하며 물었다.

왠지 뒤에서 꼬리가 붕붕 흔들리는 것처럼 보이는데?

"집에 있는 마우스 코드가 내부에서 단선된 것 같아서, 조금만 당겨도 찌직, 찌직, 찌직찌직찌직찌직 시끄럽거든. 그 선반에 있는, 안 쓰는 마우스 가져가도 돼?"

"상관없다! 상관없지만, 그럼 차라리 슈바인에게 맞는 마우스를 고르는 게 어떠냐! 주말에라도 직접 가게로 향하자!"

"남은 거라도 상관없거든! 1년도 안 쓴 저거면 돼!"

세가와는 옛날에 가져왔는데 아무도 쓰지 않던, 뭔가 엄청 미래적인 마우스를 가리키며 필사적으로 말했다.

마우스를 살 돈이 없는 건가. 확실히 꽤 비싸긴 하지만.

"변함없이 돈이 없구나."

"나는 너희와 달리 여자아이다워지는 일에 돈을 쓰고 있다고."

"만화라거나."

"그것도 여자력이야."

여자력의 폭이 넓구나.

그때, 이야기를 듣던 아키야마가 손을 탁 두드렸다.

"맞다! 아카네는 추천하는 만화를 읽어줬으면 좋겠다고 했지? 가져와주면 읽을 건데?"

"어, 나나코. 진짜로?!"

아키야마의 말에 세가와가 눈을 빛냈다.

"저도 읽을 건데요?"

"그러게. 부실에 놔두면 나도 읽을게."

"너희들…… 알았어. 엄선한 것을 가져올게. 마음에 들면 알아서 사라고!"

그렇게 말한 세가와는 좀처럼 보이지 않는, 정말로 빛나는 미소를 짓고 있었다.

"슈, 그렇게나 동료를 갖고 싶었던 거네요."

"아코 군이야말로, 생산 스킬을 올릴 동료를 원하지 않았나?"

"윽─."

기세를 타고 한 말을 후회한 건지, 아코가 몸을 움찔 떨었다.

아니아니, 아무도 화나지 않았거든? 오히려 미안한 마음이니까.

"……그치만 아무도 같이 올려주지 않는걸요."

"그건 미안."

이러니저러니 해도 전투를 메인으로 플레이하고 있으니까.

아코가 좋아하는 것, 좀 더 같이 즐겨줬으면 좋았을 걸.

"지금은 업뎃 전이라 레벨을 올릴 분위기도 아니고, 나도 오늘부터 생산 스킬 올려볼까? 일단 수리 스킬 같은 거."

"수리 스킬을 올린다면 메니 사막 남쪽의 아이언 샌드 골렘을 잡는 걸 추천해요! 금속, 모래라서 내구 감소가 빠르고, 근처 광산에서 수리소재를 파내면서 하면 채굴 스킬도 같이 오르거든요!"

"……아코. 이상한 분야에서는 정말로 자세하네."

"정석 루트니까요. 상식이라고요!"

아코는 엣헴, 하고 자랑하듯이 말했다.

그런 말을 하고 싶었구나. 아코.

"생산 스킬을 올리기 시작하면 여러 옷이나 갑옷을 만들 수 있게 되니까, 자연스레 의상에도 흥미를 가지고, 염색이나 파츠 합성에 손을 대기 시작한다니까요. 후후후후후……."

"그렇게까지 외모에 돈을 들이면 완전히 낭비인 것 같은데."

"저의 소비가 LA의 경제를 돌리고 있어요!"

"똑똑한 소리를 하고 있는데, 마스터가 아까 말했던 거잖아!"

"내가 쓸데없는 걸 가르친 탓에⋯⋯."

마스터가 침울해졌잖아!

"아코, 외모는 귀여운 편이 좋지?"

"그렇죠!"

아코와 아키야마가 양손을 꽈악 마주 잡았다.

"친해졌네. 아코와 아키야마."

"다들 친해진 거야."

"⋯⋯그럴지도."

그 말에 순순히 수긍했다.

그렇구나. 친해졌구나. 우리⋯⋯.

"왠지 신기해요."

아코가 중얼거렸다.

"평소에는, 숨기고 있던 불만을 말했다간 분명히 미움 받을 거라 생각했어요."

나를, 세가와를, 마스터와 세테를 바라보며, 아코가 말했다.

"다른 사람한테 『네가 싫었어!』라는 말을 듣고 나면, 이제 두 번 다시 말을 걸어주지 않았고요."

"그야 그렇지."

싸우고 헤어질 때의 대명사 같은 말이니까.

하지만 아코는 기쁜 듯이 말을 이었다.

"그런데 다들 불만이었던 것, 싫었던 것을 말해서…… 굉장히 기뻤어요. 다른 사람들과 달리, 이걸로 좀 더 친해진 것 같아요."

확실히 싸움이 일어나더라도 이상하지 않았다.

지금껏 말하지 못했던 불만을 전원에게 털어놓는 것— 사실 원래대로라면 그룹이 붕괴할 일이다.

그런데도 우리는 좀 더 친해진 기분이 들었다.

그리고 앞으로 좀 더, 좀 더 친해질 것 같았다.

"……불만이나, 싫은 일이나, 싫은 부분 같은 것들을 말해도 친구로 있을 수 있는 사람은, 사실은 꽤 적어."

친구가 꽤 많은 세테 씨도 눈부신 듯이 눈을 가늘게 뜨며 말했다.

"그래서 나도, 모두와 정말로 동료가 된 듯한 기분이 들어."

"맞아요. 모두와 진짜 동료가 되었다는, 그런 기분이 들어요!"

아코도 강하게 수긍했다.

"진짜 동료라기보다는…… 이제 스타트 지점에 섰다는 느낌이 들어."

"그렇지. 이게 시작일지도 모른다."

마스터도 즐겁게 말했다.

"오늘 이 순간이, 우리 현대통신전자 유희부의 새로운 스타트! 신생 현대통신전자 유희부가 시작하는 때다."

서로 할 말을 모두 하고 겨우 진짜 동료가 되었다니, 평범한 고등학생 같아서 왠지 우리답지는 않지만……

　그럼에도 바보 취급하며 웃을 기분이 들지 않을 정도로, 모두의 마음이 하나가 된 기분이 들었다.

　"……저기 말이야."

　나는 조금 떨리는 목소리를 억누르면서 모두에게 말했다.

　"이러면, 나는 역시 신입부원은 필요 없어. 앞으로 좀 더 모두와 친해지고 싶다고 생각해."

　내 말을 들은 아코도—

　"저도, 모두가 생산 스킬을 올려주고, 귀여운 옷을 입어준다면 그걸로 괜찮아요."

　"뭐, 그렇지. 멜로디아가 들어오기보다는 너희를 포교하는 편이 좋겠어."

　"그래. 나는 너희들에게 칭찬을 듣고 싶었을 뿐이다."

　"쿄우 선배. 너무 솔직해서 조금 귀여워."

　몰랐던 거야? 이 사람은 꽤 귀엽다고.

　"그럼 부원은 필요 없네."

　"필요는 없지만…… 들어오지 않으면 폐부잖아."

　그렇단 말이지~.

　곤란하다. 결국 문제는 해결되지 않았다.

　하지만 전원의 마음은 하나가 되었다.

　지금부터라면 뭔가 좋은 아이디어가 나오지 않을까?

폐부를 회피하기 위해, 모두 함께 고민해보자.

"저기."

그때, 아코가 고개를 갸웃했다.

"저, 생각해 봤는데요."

그리고 극히 담담한 표정으로 말했다.

"폐부해버리면 되지 않을까요?"

너 대체 무슨 소리를 하는 거야?!

"아니아니아니아니아니!"

"폐부는 안 되잖아!"

"모처럼 잘 되고 있지 않았나?!"

"아코! 정신 차려!"

우리는 허둥댔지만, 아코는 오히려 침착하게 대답했다.

"하지만 중요한 건 모두가 함께 있는 것이지, 이 장소인 건 아니잖아요."

"그야 그렇지만……."

"동료가 모일 수 있다면, 부활동이 아니라도 괜찮잖아요."

간단히 말하자면, 문제는 산더미 같다고.

"애초에 부활동이 없으면 학교에 안 오잖아, 너."

"올 거예요. 루시안이 있는 걸요!"

"그러고 보니……."

같은 반이었지. 학교에는 매일 오려나.

"아코 교정 계획은 어쩔 건데?"

"뭘 이제 와서~!"

"나는 한 번도 포기하지 않았어! 그런 옛날이야기를 떠올렸다는 표정 짓지 마!"

그리고 내가 보기에는, 아코는 꽤나 성장했다고!

왠지 요즘에는 가끔 다정한 눈으로 나를 보기도 하니까! 꽤 믿음직하게 변하기도 했다고!

"아코는 네가 같이 노력해주니까 부활동이 아니라도 괜찮겠지만, 난 오히려 워 머신이 반드시 필요하다고."

"그건 내게 의지해줘도 상관없다만."

"……아, 그런가."

자, 의지해라. 자~ 어서~, 라는 표정으로 마스터가 말했다.

"그럼, 딱히 부활동은 없어도 되나……."

"으음……."

확실히 부활동이 아니면 안 되는 이유는 없을지도 모른다.

우리가 망설이자, 아코가 웃으며 말했다.

"그러니까 반대로 생각하는 거예요! 폐부해도 된다고, 그렇게 생각하죠!"

괜찮은, 건가……?

괜찮을지도 모른다.

부활동이 아니라도 좋다. 모두 함께 있을 수 있다면 어디라도 좋다.

그건 틀리지 않다고 생각한다.

"하지만 길드가 저런 상태고, 부활동도 없어지면 역시 곤란하잖아."

세가와가 컴퓨터 모니터를 어루만졌다.

그랬다. 길드도 강탈당한 상태였다.

최고의 홈이었던 길드가 저런 꼴이고, 그런데다 부활동까지 없어지면 우리가 갈 곳이 없어진다.

—아니다. 갈 곳은 어디라도 상관없어.

전원이 간다면 그걸로 충분해.

"그렇군. 알았어!"

그렇구나, 그래! 간단한 이야기였어!

"역시 아코야. 엉뚱한 발상으로는 너보다 뛰어난 사람이 없겠어!"

"에에에에엑? 저기, 기쁘긴 하지만…… 칭찬은 아니죠?"

칭찬이야! 잘 했어!

아코의 머리를 마구 쓰다듬었다. 응응. 감촉이 매우 좋다.

"니시무라. 뭔가 떠올랐어?"

"그래. 아코의 말 그대로야."

나는 씨익 웃으면서 네 사람의 얼굴을 바라봤다.

"현대통신전자 유희부, 오늘부로 폐부다!"

그리고 이어서 말했다.

"길드 앨리 캣츠도, 오늘부로 해산하겠어!"

"…………."

잠시 시간이 지난 뒤―.

『에에에에에에엑?!』

경악한 목소리가 겹쳐 울려 퍼졌다.

†††　†††　†††

자리비움을 해제하고 게임 화면으로 돌아가자, 길드채팅에서는 왕성한 대화가 이어지고 있었다.

◆메라룬 : 길드 창고, 전부 사라졌는데요.

◆머스통 : 대리구입 부탁해도 될까요?

◆디 : 어, 할까?

◆센치 : 아코 아직 안 돌아왔어?

◆서두의 켄지로 : 인사한 이후로 안 왔어.

◆†클라우드† : 그보다 고양이공주 씨가 빨리 로그인해주셔야 할 텐데…….

◆†붉은 암살자† : 안 해주면?

◆†클라우드† : 벗겨질 거다.

◆바소 : 그 머리에 탈모는 큰일 아니냐ㅋㅋㅋ

응응. 다들 즐거워 보이네.

"그럼 마스터, 부탁해."

"음."

◆애플리코트 : 길드 마스터 애플리코트다. 모두에게 묻고

싶은 게 있다만, 괜찮겠나?

◆머스통 : 뭔가요?

◆디 : 뭔데?ㅋ

◆애플리코트 : 이 길드, 앨리 캣츠는 즐겁나?

◆메라룬 : 응?

조금 의아한 듯한 공백이 있은 뒤―.

◆머스통 : 즐거운데요.

◆서두의 켄지로 : 즐겁게 하고 있어.

◆소나무볼록 : 마음 편하다볼록.

◆†붉은 암살자† : 좋은 길드라고 생각하는데?

◆애플리코트 : 고맙다. 그 마음, 진심으로 기쁘게 생각한다.

다들 고마워.

여러 문제가 일어나고 있지만, 이 길드에서 즐겁게 보내는 것은 매우 기쁘다고 생각한다.

그러니까, 미안.

◆애플리코트 : 그렇다면― 이후는 제군들에게 맡기겠다.

◆†클라우드† : 그 소리는?

◆밀크 : 무슨 말이야?

마스터가 과금 아이템 아이콘을 눌렀다.

채팅 글자 표시 사이즈를 바꾸는 아이템이다.

확대된 글자가 길드 채팅에 표시됐다.

◆애플리코트 : 우리, 초기 앨리 캣츠 멤버는―.

◆애플리코트 : 오늘 이 순간부터 길드를 탈퇴한다!

◆머스통 : 에에에에에에엑?!

◆소나무볼록 : 거짓말볼록?!

◆디 : ㅋㅋㅋㅋㅋ

◆†붉은 암살자† : 하하하.

예상하고 있었는지, †검은 마술사† 씨와 디 선배는 침착하네.

하지만 그 이외 사람들은 다들 놀라서 채팅을 치고 있었다.

◆센치 : 그럼 아코도?

◆아코 : 네.

◆센치 : 어, 왜? 빠질 의미가 없잖아?

◆아코 : 여러모로 짜증나서요.

저기, 아코 씨. 너무 날카롭지 않아?

딱히 상관은 없지만, 센치 씨 굳어졌는데?

◆머스통 : 루시안 씨도 나가는 건가요?

◆루시안 : 응, 나가 나가.

◆머스통 : 그럴 수가.

◆루시안 : 그냥 언제라도 연락 줘. 친구잖아.

한가할 때라면 피로시키에 가줄 테니까.

게다가 친구도 생겼잖아. 밀크하고 사이좋게 지내면 될 거야.

◆애플리코트 : 제멋대로 말해서 미안하다. 하지만 우리가 없더라도, 제군들이 밝은 길드로 운영해주리라 믿는다.

◆슈바인 : 그럼 간다. 잘 지내라.

◆아코 : 안녕히 계세요~.

◆세테 : 다음에 또 봐.

▶고양이공주가 탈퇴했습니다.◀

▶애플리코트가 탈퇴했습니다.◀

▶슈바인이 탈퇴했습니다.◀

▶세테가 탈퇴했습니다.◀

▶아코가 탈퇴했습니다.◀

익숙한 멤버들이 사라지고, 짧은 시간이나마 함께 보내온 멤버들이 남은, 조금 익숙하지 않은 멤버 일람.

거기서 내 이름을 오른쪽 클릭하고, 탈퇴 글자를 표시했다.

◆루시안 : 그럼, 또 어딘가에서 보자!

탈퇴 버튼을 꾸욱 눌렀다.

▶길드 앨리 캣츠를 탈퇴했습니다.◀

정든 길드를 나오자, 캐릭터에서 길드 표시가 사라졌다.

슬프기도 하고, 오히려 개운하기도 한 신기한 기분이었다.

"마스터. 창고 내용물은?"

"원래 있던 것들은 파악하고 있었다. 로그아웃할 때 창고로 돌려놓으라고 했던 게 다행이었군. 전부 회수했다."

"좋았어."

떠나는 새는 흔적을 남기지 않는다.

"그럼 다음 순서야."

"음. 준비는 다 됐다."

마스터가 종이를 팔랑 꺼냈다.

"전원, 퇴부 신청서에 이름을 적도록."

††† ††† †††

"설마 이런 수단으로 나올 줄은 생각도 못했어."

부실로 찾아온 선생님은 두통을 참듯이 이마를 짚었다.

"걱정을 끼쳐드렸지만, 이걸로 만사 해결입니다."

"소란을 피워서 죄송했습니다."

"나머지는 잘 부탁해. 고양이공주 선생님."

"유이 선생님만 믿을게요."

"잘 부탁합니다."

우리 모두 씨익 웃으면서 가슴을 펴고 말했다.

"전혀 해결되지 않았다냐아아아아아아!"

선생님이 울부짖었다!

"길드를 탈퇴한 것도, 전원이 퇴부한다는 것도 놀랐지만! 그보다도!"

선생님은 전원의 퇴부 신청서와— 부 개설 신청서를 들고 외쳤다.

"『현대통신전자 유희부2』 개설이라니, 어떻게 된 건가냐아 아아아아아아!"

"보통 1 다음에는 2잖아요?"

"다음에는 3도 만들 거야!"

"그런 문제가 아니다냐! 왜 폐부하고 바로 개설인 건가냐!"

"그야, 개설한 년도에는 1학년을 들이지 않아도 문제없잖아요?"

아코가 싱긋 웃었다.

그렇다. 우리는 현대통신전자 유희부를 폐부하기로 했다.

앨리 캣츠도, 현대통신전자 유희부도, 반드시 필요한 건 아니다. 그 장소가 필요할 뿐이다.

그러니 박살내고, 전부 없애버린 뒤에 우리끼리 다시 만들기로 정했다.

"폐부하고 다시 만들면 부원을 늘리지 않아도 되니까."

"저희는 교칙을 전혀 위반하지 않았습니다."

"제1조 1항, 마에가사키 고등학교의 학생으로서 부끄럽지 않은 학창 생활을 보낸다, 가 지켜지지 않았다냐아아아아!"

"주관적인 문제겠죠. 저희는 어엿한 학생입니다만, 잘못됐다는 오해를 하시게 만들었다면, 그건 유감스럽게 생각합니다."

"정치적인 발언은 필요 없다냐!"

선생님이 털을 곤두세웠다— 같은 느낌으로 화를 내며 말했다.

"선생님도, 폐부는 딱하고, 잘 맞지 않는 아이가 입부하면

서로 괴로울 것 같아서 익숙해질 수 있을 만한 아이를 찾고 있었다냐! 조금 더 선생님을 믿어줬으면 좋겠다고 생각한다냐!"

"아니아니, 믿고 있다니까요."

정말로 정말로.

"선생님이라면 분명 현대통신전자 유희부2의 고문이 되어줄 거라 믿고 있어요."

"제대로 개설 신청서를 받아줄 거라고 믿고 있어요."

"그 신뢰는 필요 없다냐아아아아아아!"

우와앙 하고 울던 선생님은 진지한 표정으로 돌아와 물었다.

"교직원회의에서 이게 통하겠니? 현대통신전자 유희부2를 만들겠다니, 교감 선생님을 납득시킬 수 있겠어? 내가?"

"서류는 모두 갖춰놨고, 학생회의 도장도 찍었습니다. 이사장님도 미리 결제를 마치셨죠. 어디에 문제가 있다는 겁니까?"

"준비가 너무 잘 되어있는 게 오히려 문제다냐! 왜 이사장님의 도장이 있는 건가냐?!"

"제 쪽에서 전화를 드렸더니, 크게 웃으시며 마음대로 찍어도 좋다고 말씀하셔서요."

"둘 다 고쇼인 네가 찍은 도장인가냐아아아아아!"

"도장은 도장이니까요."

마스터는 핫핫핫 하고 명랑하게 웃었다.

"아아, 정말. 오랜만에 진짜 성가신 일이야."

선생님은 한숨을 내쉬었다.

뭐, 농담은 이쯤하고.

"저희도, 이게 베스트라고 생각하는 건 아니에요."

"길드 사람들에게는 미안하기도 하고요."

"체험 입부에 왔던 아이가 나중에 들어오겠다고 생각하더라도, 그 부활동이 사라지는 거니까."

"유이 선생님한테도 민폐를 끼치고요."

"선생님들께도 죄송하다고 생각하고 있습니다."

순순히 사과했다.

정말로 미안한 일을 하고 있다고 생각한다.

하지만 그럼에도, 우리는 동료를 희생해서라도 타인을 소중히 한다든가, 도리를 지킨다든가, 그런 것은 전혀 생각하지 않기로 했다.

이제 이상하게 배려하거나, 신경을 써주며 참거나, 그런 짓은 그만뒀다.

"그럼에도, 이게 저희의 선택이에요. ……안 되나요?"

마지막 판단은, 역시 고양이공주 씨에게 맡겼다.

그녀가 안 된다고 한다면, 역시 생각을 고쳐야겠지.

선생님은 냐아냐아 신음하고는, 천천히 한숨을 내쉬며 말했다.

"……어떻게 될지는 모르지만, 할 수 있는 데까지는 해볼게."

오, 오오! 선생님한테서 OK가 나왔다!

"제 어리광이라는 걸로 이야기를 해주시면 될 겁니다. 선생님도 피해자이시니까요."

마스터가 배려하듯이 말했다.

"그렇게까지 무책임하지는 않아."

그러나 선생님은 웃으며 말했다.

"약속했잖니? 할 수 있는 일은 해주겠다고."

고양이공주 씨에게 맡겨달라냐, 라며 툭 가슴을 두드렸다.

변함없이 멋있는 사람이다. 역시 고양이공주 씨, 동경한다니까.

"하지만 고쇼인의 큰할아버님까지 끌어들이고, 내가 곤란한 걸 알면서도 해버리다니, 꽤 드문 일이네."

"드문 일입니까?"

선생님한테는 꽤 의지한다고 생각하는데.

"그게, 지금까지는 고문을 부탁하거나, 합숙에 따라가는 것 정도였잖니. 그냥 업무의 범주라는 느낌이었거든."

아아, 그런 의미에서는 이런 억지스러운 부탁은 없었을지도 모른다.

"사실은 말이지, 부원이 들어와서 선배라는 자각을 가지게 되면, 다들 조금씩 책임감이 생길 거라고 생각했는데…… 반대로 어리광을 부리게 됐네."

선생님은 말하는 내용과는 반대로 즐거워하는 표정으로 말했다.

"왠지 평범한 고등학생 같아."

당연한 말이건만, 굉장한 칭찬을 들은 것 같은, 그런 기분이었다.

"저희, 처음부터 평범한 고등학생인데요."

"그랬던가? 다들, 조금 별나지 않니?"

"그럴지도 모르죠."

아코가 웃으며 내 옆에서 말했다.

"다들, 이제 사양하지 않기로 했어요."

"타마키한테서 사양하지 않는다는 말을 들을 줄은 생각도 못했어."

정말이지 깜짝 놀랐다.

겨우 사양하지 않고 본심을 말하게 되었다.

후배는 생기지 않았지만, 좀 더 강한 동료가 되었다는 기분이 들었다.

아니다. 앞으로는 좀 더 이렇게 될 거라 생각한다.

그런 조금 좋은 생각을 하고 있는데—

"그런데, 괜찮니? 니시무라."

"네?"

"타마키가 사양하지 않게 되면, 가장 곤란한 사람은 너 아닐까?"

"……헉!"

그, 그건 생각하지 않았어!

지금껏 나한테만큼은 제멋대로 해왔던 아코지만, 아코 나름대로 억누르고 있던 부분이 있었다고 한다면—.

　"……."

　조심조심 아코 쪽을 바라봤다.

　"………….'

　아코는 씨익 웃으며 나를 올려다봤다.

　"따, 딱히 변하는 건 아무것도 없지?"

　"변하는 건 없는데요?"

　그, 그렇지?

　하지만 아코는 그렇게 말한 뒤—.

　"단지 저는, 슬슬 진짜로 루시안의 가족한테 인사를 하고 싶은데요."

　"아니, 그건 조금……."

　"할 거예요."

　할 거예요, 라고 말했냐. 아코?!

　큰일 났다, 이건 물러설 생각이 없다는 거야!

　"우리 집에 와도 미즈키가 있을 뿐이니까 그만두라고."

　"늦은 시간이라도 괜찮은데요?"

　"내가 괜찮지 않다고!"

　부모님한테는 알리지 않았다고! 신부라고 주장하는 여자애가 있습니다, 라니!

　"게다가 여동생의 친구가 오기도 한다고! 1학년이 와 있으면 곤란하잖아!"

"우우, 그건 괜찮지 않아요."

아코는 곤란한 얼굴로 쓴웃음을 지었다.

"타마키 선배가 되는 건, 조금 뒤로 미룰게요."

그리고 그렇게 말하며, 가슴의 리본을 어루만졌다.

에필로그

"손이 멈췄잖아요! 그걸로 오늘 안에 수련이 끝나겠어요?!"

And you thought there is Never a girl online?

◆†클라우드† : 앨리 캣츠가 해산됐어.

◆디 : 바로 공중분해됐다고ㅋ

디 씨와 †클라우드† 씨가 그렇게 보고한 것은, 앨리 캣츠를 탈퇴한지 고작 며칠 뒤의 일이었다.

◆루시안 : 진짜로? 그렇게나 활발했었는데?

◆디 : 그야 어쩔 수 없지ㅋ

◆†클라우드† : 커뮤니티가 쇠퇴하는 법칙은 알고 있을 거 아니냐. 재미있는 녀석이 재미있는 일을 시작하고, 평범한 녀석들이 거기에 편승하고, 재미있는 녀석이 사라지면…… 평범한 녀석만 남지.

그러면 끝이야, 라면서 †클라우드† 씨는 빈정대듯이 웃었다.

◆†클라우드† : 너희들처럼 진득한 녀석들이 있었으니까 재미있었던 거라고. 전원이 사라지면 거기까지야.

◆슈바인 : 그런 말을 들으니 역시 미안한 짓을 한 것 같잖아.

◆애플리코트 : 무책임한 짓을 해버린 건가.

우리가 선배가 되어줄 수 없다는 것은 각오했다.

그럼에도 미안하고, 책임감도 느끼고 만다.

◆디 : 걱정할 것 없어, 초보자는 이쪽에서 데리고 나왔으니까ㅋ 지금은 †검은 마술사†가 주도해서 보살펴주고 있다고ㅋ

◆루시안 : 엑?

◆애플리코트 : 언제 그런 이야기가 된 거냐?

◆†클라우드† : 세테에게 부탁을 받았다.

세테 씨가?!

◆세테 : 네~, 접니다~.

세테 씨가 저요저요, 라며 손을 들고 어필했다.

정말 생각이 깊은 사람이다. 폭주만 하지 않는다면 이렇게 믿음직한 동료도 없다니까!

◆루시안 : 역시 섭마네!

◆아코 : 섭마님!

◆슈바인 : 여어, 서브 마스터!

◆세테 : 싫다고 했는데 다들 억지로 시킨 거잖아!

길드 마스터는 한 명이지만, 서브 마스터는 몇 명이고 설정할 수 있다.

그래서 나와 세테 씨가 이 길드, 『원조 앨리 캣츠』의 서브 마스터다.

그러니 내년에는 이 사람이 부부장이다.

아니, 잘 되면 부장이다.

세테 씨를 학생회장으로 삼고, 나아가 부장으로 올려서 마스터의 뒤를 잇게 하는 것이 우리의 비밀스러운 야망이다.

사실은 비밀이고 뭐고, 평범하게 전했지만.

◆애플리코트 : 하지만 앨리 캣츠가 사라졌다면 문제는 없겠군. 내일부터라도 우리끼리 앨리 캣츠를 다시 만들자.

◆루시안 : 오~!

◆슈바인 : 우리의 앨리 캣츠가 돌아오는 거구만.

활기찬 우리들.

그런 우리 뒤편에서 엄한 목소리가 날아왔다.

◆아코 : 그보다도! 손이 멈췄잖아요! 그걸로 오늘 안에 수련이 끝나겠어요?!

◆루시안 : 네……

◆슈바인 : 알았어. 해, 한다고……

아코 선배의 지도가 들어왔다.

힘을 빼면 들키니까 진지하게 해야지.

◆디 : 다들 뭐하냐ㅋ

◆루시안 : 패치가 연기됐으니까, 그때까지는 생산 스킬 강화 기간.

◆아코 : 다들 생산 플레이어가 되어줘야겠어요!

아코는 밝게 말하지만, 우리는 이미 상당히 궁지에 몰려있다고.

◆슈바인 : 기다려. 이 몸은 이제 한계야. 나이프를 만들고, 그 나이프를 분해하고, 나이프를 분해한 소재를 써서 다시 나이프를 만드는 이 무한 루프, 일종의 고문 아니냐?

◆세테 : 하얀 로브를 검게 물들이고, 검게 물든 로브를 하얗게 다시 물들이는 거, 이제 지쳤어…….

◆†클라우드† : 그런 고문이 있었지. 파낸 구멍을 다시 메우는 거.

완전히 고문이었다.

생산 플레이어는 이 고행을 뛰어넘은 사람들이라는 건가.

굉장하네, 생산직. 굉장하네, 아코. 다시 봤어. 그러니까 용서해줘.

이제 무리야. 리타이어하자.

◆아코 : 리타이어 안 돼요.

◆루시안 : 앞서서 말하지 말라고!

◆†클라우드† : 너희는 언제나 재미있는 짓을 하는구나. 고양이공주 씨를 떼놓고 보더라도, 나도 정식으로 들어가고 싶었어.

†클라우드† 씨의 마음은 기쁘다.

한번 가입을 허가했었는데, 미안하다고 생각한다.

하지만 미안.

◆루시안 : 미안. 역시 우리는 이 멤버가 가장 즐겁게 지낼 수 있는 것 같아.

◆†클라우드† : 그렇겠지. 뭐, 그건 그것대로 나한테 재미있는 친구가 있다는 것뿐이니까.

◆디 : 나도 여러 길드에 들어가서 친해진 녀석과 친구 등

록하고 나가거든ㅋ

디 씨는 조금 안정되게 지낼 필요가 있다고 생각한다.

◆†클라우드† : 그럼, 그렇게 됐으니까.

◆디 : 나중에 또 보자ㅋ

두 사람은 가볍게 손을 흔들면서 떠났다.

앨리 캣츠의 앞길이 신경 쓰였기 때문에, 모두가 불행해지지 않아서 정말 다행이다.

다행이긴 하지만, 그렇다 해도 이 고행 같은 수련은 끝나지 않는다.

"힘들어……."

나지막하게 말하자, 맞은편 자리에서 목소리가 들려왔다.

"끝이 안 보이네……."

화면에서 눈을 뗀 세가와가 중얼거렸다.

"나는 염색 대성공을 10회……."

아키야마도 괴로운 표정이다.

"그 대성공이 끝나면, 제 DEX 팔 장비를 루시안에게 돌려주세요."

"DEX가 20만 더 있었다면…… 다음 레벨 업으로 올릴까……."

"진정해라. 다음이면 STR이 목표에 닿는다고 하지 않았나."

"마스터는 빨리 지팡이를 부수고 고치는 루프를 해주세요."

"끄어어어어어."

떠들썩하게 이야기를 나누면서 스킬을 올렸다.

『현대통신전자 유희부2』의 부실은 오늘도 소란스럽다.

부활동도, 앨리 캣츠도 여느 때와 같다.

2년이나 해왔지만 아무런 변함이 없는 나날이 이어진다.

분명 나중에 혼나거나, 곤란한 일이 많겠지만, 그래도 분명 후회는 하지 않을 것이다.

아, 그래도 조금 변한 점이 있다.

타이밍 좋게 똑똑, 노크 소리가 들렸다.

"들어오세요."

대답을 하자, 드르륵 문이 열렸다.

"……안녕하세요."

"어라, 미캉. 무슨 일인가요?"

진지한 표정을 한 후타바가 개인 마우스를 들고 서 있었다.

"……오늘은, 타마키 선배에게, 이기겠어요."

"으음. 말 한번 잘 하네요! 좋아요, 상대해 드리죠!"

아코도 의욕을 내며 받아들였다.

후타바를 부실에 들인 우리는 이때라는 듯이 생산 스킬 수련을 그만뒀다.

"그럼 승부 테마는 내가 정하겠어. 본 피그맨의 랜덤 공격을 많이 피하는 쪽이 승리야."

"그거, 전에 제가 마구 맞았던 거잖아요!"

"할 수 있어, 후타바. 이번에는 이길 수 있다고."

"……할게요."

"누구 편인 건가요, 루시안!"

조금 뒤로 미루겠다고 했지만—.

2학년이 된 아코는, 제대로 선배 역할을 하고 있었다.

개인 채팅 보냅니다.

오랜만입니다. 아무리 그래도 설마 10권이나 나왔는데 그럴 일은 없다고 생각합니다만, 혹시 단숨에 10권까지 사버렸어! 같은 분이 계시다면, 처음 뵙겠습니다.

키네코 시바이입니다.

『온라인 게임의 신부는 여자아이가 아니라고 생각한 거야?』도 Lv.10이 되어서 이번에 무사히 전직하게 되었습니다. 전직이 대체 무엇이냐 하면, 각 장 타이틀이 조금 달라졌습니다. 성장한 결과이므로 무척 축하할 일입니다.

―네, 그렇습니다. 설마 Lv.10까지 키울 수 있으리라고는 생각도 못했는지라, 이제 소재가 없습니다. 죄송합니다, 용서해주세요.

또한 전직을 기념하여 후기 쪽에서도 옛날 에피소드 토크가 종료됐습니다.

지금까지 전해드렸던 에피소드들은 모두 진짜 있었던 일이기 때문에, 이제 없다면 끝인 겁니다.

후기를 시작할 때 쓰는 채팅 쪽은 아직 할 수 있다고 생각합니다만, 이쪽도 다 떨어지면 2차 전직을 하려고 생각 중입니다. 부디 Lv.30 정도까지 노력해서 다시 잡 체인지를 하고 싶습니다.

하지만 다음부터 후기에 뭘 적어야 할까요. 조금 고민되네요.

개인 채팅 끝냅니다.

귓속말이 끝났으니 감사와 사례를.

일러스트의 Hisasi 씨. 귀여운 그림도 재미있는 그림도 활기찬 그림도 완벽하게 그려주셔서 정말 감사합니다. 앞으로도 아무쪼록 잘 부탁드립니다.

오전 두 시에 메일이 와서 이번에는 빠르구나~ 했는데, 다섯 시에 또 보내주신 담당님. 실컷 폐를 끼치고 있습니다만, 몸을, 특히 눈은 소중히 해주세요.

코미컬라이즈의 이시가미 카즈이 씨. 이젠 평범한 독자로서 즐겁게 읽고 있습니다. 다음 이야기를 기대하고 있겠습니다.

애니메이션에 관여해주신 여러분. 너무나도 많은 분들이 협력해주신지라 전원의 이름을 쓸 수가 없어서 안타깝습니다만, 진심으로 감사드립니다.

마지막으로 독자 여러분. 이렇게 10권까지 이어갈 수 있었던 것도, 미디어믹스의 기회를 받을 수 있었던 것도, 모두 여러분의 응원 덕분입니다. 감사합니다.

그럼 기회가 온다면 또 뵙도록 하죠.

키네코 시바이였습니다.

■ 역자 후기

안녕하세요. 불초 역자입니다.

후기를 쓰는 현재는 완연한 가을 날씨를 보이고 있습니다. 날씨는 좋지만 아무래도 환절기라 그런지 만성 비염에 시달리는 저는 꽤 괴로운 상황이네요. 길가다가 갑자기 콧물이 주르륵 흐르면 어찌나 대처하기 힘든지…… 그리고 이 시기가 지나도 겨울이 오면 추워서 콧물이 나오겠죠. 이래서 겨울철은 싫다니까요. 콧물 없는 세상에서 살고 싶습니다.

그럼 본편 이야기로 넘어가서, 이쪽에서는 새 학기가 시작되었습니다. 근데 새 학기의 활기찬 분위기보다는 눈앞에 닥친 폐부의 위기에 맞서는 모습이 조금 더 부각된 느낌이네요. 친한 소수 그룹에 새로운 물결이 섞이면 어떻게 되는지에 대한 모습도 슬쩍 나왔습니다. 앨리 캣츠 같은 경우에는 좀 안 좋은 방향으로 흘러가긴 했지만요. 너무 받아들이는 게 느슨했다고나 할까…… 사공이 많으면 배가 산으로 간다는 좋은 예시가 아닌가 싶습니다. 역시 기본적으로 밝은 이야기라 그런지 그 이상의 심각한 사태는 벌어지지 않고 잘 풀렸지만요. LA는 가만 보면 정말로 이상적인 온라인 게임 같아요. 다들 너무 좋은 사람들이라서…….

새로 추가된 후배 캐릭터, 미캉에 대한 이야기도 안 할 수 없겠네요. 조용조용하면서도 강단이 있고, 할 말은 하는 성격이라 저는 꽤 마음에 들었습니다. 분위기를 보니 아마 유일하게 레귤러 후배가 될 것 같은데…… 비록 이번에는 들어오지 않았지만 느낌이 괜찮은 걸 봐서는 언젠가 들어오지 않을까요? 주요 캐릭터들 중에서는 지금껏 없었던 타입이고, 아코하고도 꽤 죽이 잘 맞는 것 같고, 비슷한 외부인이었던 아키야마도 슬금슬금 다가오다가 어느새 섞인 것을 생각해보면 가능성은 충분하다고 봅니다. 조금 더 다채로워진 멤버들을 볼 수 있을 것 같아서 기대되네요. 루시안하고 도서위원이라는 고리로 따로 엮이는 캐릭터이기도 하니까 그쪽 방면으로도 조금은 기대해볼 수 있을지도 모릅니다. 그동안 워낙 아코 일직선으로 탄탄대로였으니 슬슬 흔들어볼 때도 되지 않았나 싶기도 하고요. 과연 어떨지……?

그럼 후기는 이쯤하고, 다음 권에서 뵙겠습니다.

온라인 게임의 신부는 여자아이가 아니라고 생각한 거야? 10

초판 1쇄 발행 2017년 1월 10일

지은이_ Kineko Shibai
일러스트_ Hisasi
옮긴이_ 이경인
일본판 오리지널 디자인_ AFTERGROW

발행인_ 신현호
편집부장_ 김은주
편집진행_ 최은진 · 김기준 · 김승신 · 원현선
편집디자인_ 양우연
국제업무_ 정아라
관리 · 영업_ 김민원 · 조인희

펴낸곳_ (주)디앤씨미디어
등록_ 2002년 4월 25일 제20-260호
주소_ 서울시 구로구 디지털로 26길 111 JnK디지털타워 503호
전화_ 02-333-2513(대표)
팩시밀리_ 02-333-2514
이메일_ lnovelpiya@naver.com
ㄴ노벨 공식 카페_ http://cafe.naver.com/lnovel11

netoge no yome wa onnanoko zya nai to omotta? Lv.10
ⓒKINEKO SHIBAI 2016
Edited by ASCII MEDIA WORKS
First published in 2016 by KADOKAWA CORPORATION, Tokyo.
Korean translation rights arranged with KADOKAWA CORPORATION, Tokyo.
through Korea Copyright Center Inc.

ISBN 979-11-278-4000-6 04830
ISBN 978-89-267-9843-0 (세트)

값 6,800원